鬼的和解

文／柳一
圖／黑皮

【推薦序】符合兒童需要的生活童話

陳正治

童話是專為兒童編寫，以趣味為主的幻想故事。柳一小姐這本《鬼的大和解》，便具有這種的童話特性。

柳一小姐創作這本童話，考慮到閱讀的對象是兒童，因此寫作的時候在取材、語言、主題、結構等等方面，都注意到兒童的興趣、需要和理解能力。

例如〈寂寞電話情〉這篇童話，寫的是兩個小女孩的友情故事。她們除了在才藝班上課時膩在一起外，回到家又頻繁的通電話互訴心情。但是有一天，她們之間發生了摩擦，友情起了變化，居然不再打電話跟對方聯絡。她們心裡雖然很想修復感情，但是因為自尊心的作祟，不敢先打電話給對方。這件事引起雙方電話機的關懷，於是設計讓這兩個小女孩同時接到對方的電話，化除了尷尬，恢復了友情。這篇童話的取材，屬於兒童常發生而熟悉的事；寫作的語言，用的是兒童能理解的淺顯白話文；主題的訂定，探討的是兒童珍惜友情的事；結構的設計，採用的是兒童熟悉的單線先降後升型結構，也就是先遇到衝突問題，然後中間經過幾次的挫折、糾葛，最後問題解決的處理。這些都注意到兒童的興趣、需要和理解能力。

童話的趣味性和幻想性是吸引兒童閱讀的重要因素。柳一小姐的童話在這兩方面很注意經營。例如〈寂寞電話情〉這篇童話，把平常寂寞友情的材料，化成特殊引人注意的問題；在故事的表達上，製造懸疑、糾葛、驚奇而合理的解決。這些都具有吸引人閱讀的趣味性。另外，作者讓電話機擔心小主人，設計出使兩方同時接到關懷電話的情節；這是活用誇張、擬人及與客觀事實不合的事物來表達的幻想性，也是引起兒童閱讀興趣的因素。其他如〈殺價先生〉、〈三胞胎鬧鐘〉、〈鉛筆與橡皮擦〉等等作品，也都具有趣味性和幻想性的特質。

這本童話還有另一個特色，就是特別注意兒童的生活面。在這十七篇的童話材料裡，大部分都跟兒童生活有關。例如〈鬼的大和解〉寫的是如何跟生活周遭的人和解，〈蒙娜肥麗莎〉寫的是時下流行的女孩減肥故事，〈泡沫礦泉水〉寫的是兒童控制不好情緒，愛發脾氣的故事，〈三胞胎鬧鐘〉寫的是孩子的嫉妒心，〈鉛筆與橡皮擦〉寫的是兒童愛抱怨的故事。這些作品，都跟兒童的生活有關，可以說屬於兒童的生活童話。

【推薦序】

柳一小姐的這本童話集，寫出了兒童的自我生活和社會生活內容，它具有提供樂趣、增進自我和彼此的瞭解，以及獲得資訊的功能。因此筆者樂於介紹給兒童閱讀。

（陳正治先生：曾任前臺北市立教育大學中語系教授並兼任系主任、所長，及政大、文大中文系兼任教授，退休後從事兒童文學創作。著有《老鷹爸爸》、《新猴王》、《貓頭鷹的預言》、《聰明小童話》、《超能力的白天鵝》等三十多本書。）

【推薦序】童話的三十三種用法

陳文和

答應寫這本童話集的序，有一些日子。

那時，我的手邊正在翻閱一本「爸爸的三十三種用法」繪本。第一個跑進來我腦海中的念頭是：你可要想清楚喔，說清楚，講明白，童話到底有幾種用法？我想了想，跟爸爸一樣（可憐啊？），應該也有三十三種吧。

拜託我寫序的人是柳一。（她，是個女的，這本書的作者，你可以想像她為了這本書，寫得頭髮抓得很亂，坐在電腦前，一副不修邊幅的樣子。猜錯了吧，她沒那麼慘，因為她有篇〈變！變！變裝遊戲〉剛入選一百年度的童話選，容光正煥發。那個很糟模樣的人，可能是我自己，因我有點嫉妒。）

這麼說，童話的第一種用法，好像不是很優雅地出場，它會害人有嫉妒心，也會讓人形容糟蹋。（我這樣寫，已經預知，柳一比我更慘，手上拿了瓶金門高粱，一路從高雄跑到南投來，因跑得太氣憤，還跑錯了路，跑過了頭，一只玻璃鞋丟在花蓮，一只則丟在台中。）

【推薦序】

啊，糟了——

上面那樣的說法，把柳一的某些身份曝光了。不過，這也好，就當作是這本童話集的第一種用法——先偷窺一下作者的來歷。

那就由我先把柳一包裝成一道謎題，說一說好了。她，住在高雄，有一篇童話入選一百年童話選，嗯——這表示她是國內目前寫童話中有點成績的人（不管童話是不是被歸類成瀕臨絕種的文類，至少她是被看得見的，正在寫童話的稀有生物。）說她會拿金門高粱，那是她曾連三年拿過金門浯島文學獎，這可厲害吧，更嚇人的是——還拿不同組別的獎，一年是新詩，一年是散文加童話，一年是小說——所以她的童話寫作功力是被肯定的。說她跑過頭，那是因為她去年剛拿過台中文學獎（咳，就在那時，我誤上賊船的，但請別誤會，別有太大的想像力，她當時只說，我想出本童話集，是我自作多情，以為她會請我幫忙，不過這個以為，也很不幸的成真，但不知不幸的是她還是我？）會說她跑錯路，則又是因為她的童話大都發表在花蓮的更生日報。好了，這童話的第一個用法說多了，如果你要問，那她為什麼要跑到南投去把你灌醉？你家住南投嗎？會這樣問，賓果，那表示你聰明了，可以開始閱讀這本書的〈被臭味追逐的人〉了。這是童話的第二個用法，它讓你變得聰明。

可是當你看了〈被臭味追逐的人〉後，也許你又會想，好像有點怪怪的，我是被追逐的人，那作者柳一豈不是……。天啊——。嗯。你會瞧見我站在你面前，看你狐疑地拿著這本書，然後嚇一跳，突然發現我穿越時空，跑到你家去，這……老天啊，童話是怎麼搞的？

是的，童話教你顛覆想像，它也給你一雙翅膀、也許是一扇任意門，在時空隧道上穿過來穿過去。

這麼說，你算清楚了嗎？有幾種用法了？

不過，你當然可以跳著看，就先從〈變！變！變裝遊戲〉這篇開始，算算看，它變了幾次裝？童話的書可以讓人自由閱讀，不必像教科書那樣死板，按部就班的，它不累人，而且也可以在閱讀中學習數學的算法和發現，也許你看了那篇，就變成牛頓第二，發現了地心引力，要不然至少也能像揚名巴黎時裝界的古力文，突然對時裝產生了興趣，確定了人生的方向和目標，設計出幾套給你媽媽穿的衣服來。不過，如果沒那麼偉大，也沒關係，至少你看了，哈哈大笑，對了，童話的功用就是讓你多了一顆心，只用來裝微笑，放樂觀的。甚至是看完那篇以後，你愛上繪畫，不時在紙上、書上畫起來，這也是童話的功用喔——它幫你發現了，嗯，該去上繪畫才藝班了。（不過，這也算是家長的悲哀喔，他會想，這童話讓我的荷包又瘦了）好了，那你看完後，明白了它為何入選一百年的童話選了嗎？童話教你分析，也教你比較。

童話是溫暖的，童話是使你有愛的。你若不信，那就去讀〈鬼的大和解〉，想一想，如何跟生活周遭的人和解。所以，童話的用法不分老少也不分男女的，它使小孩讀了，心靈很快地長大，它也使大人讀了，至少改善一下健忘（這可是一種最新發明的藥喔，不含萊克多巴安的那種瘦肉精成分，產自高雄柳一童話集中，來源成分清楚，請安心服用），至少可以把遺失的童年、遺失的赤子之心找回來一半，讓你變成一半大人一半小孩。

童話也會告訴你一些時事，把流行的資訊揉合在裡面。不信，你去看看〈企鵝與孕婦〉。當然的，它也對你說一些地方的小事、一些風俗民情，那就在〈當北風獅爺遇見北風獅爺〉裡可以找得到，也可以這麼說——它帶你去旅行，先看看內心的風景，如果你有空了，也可以親自去走一趟。（順便透露一個小道消息，聽說，不——真的啦，這篇正是柳一在金門得獎的童話作品。）

柳一給我很大的寬容（？……不知是真的？假的？）她說，

隨便你寫，愛寫多少就多少——不過要小孩也看得懂的序（這是哪門子的寬容？）她也給我很多包容（？……不知是真的？假的？）她說，不急啦，反正你寫好，我就好了。卻連連十二道金牌，把她都快變成秦檜，好幾封電郵哀怨的無奈的問我，好了沒？寫了沒？我的書來不及出版了（這是哪門子的包容？）害我茶不思飯不想連連在白天打瞌睡（因為晚上睡不著，不是失眠，是我把睡眠當掉了），最後，才找到了童話的最後的最大的作用。

原來前面說了那麼多童話的作用，三十一種了，它的第三十二種就是「耐心」，不管是寫或是讀，童話都可以給你這一種作用。

（就好像等這一篇序的耐心一樣，恭喜柳一賀喜柳一，跪拜——再稽首，承蒙我的推、拖、拉，終於使她進化了，擁有童話的第三十二種作用的好處，她是受益者，我沒收過她給的稿費，也不敢拿。）

好了。大人應該可以看得懂這篇序，小孩嘛，就忍耐一下，看完了就聰明了，（這不正是柳一寫這本書的作用嗎？）那麼，就別再問我童話的第三十三種作用是什麼？看了，就知道。

當然囉，你是懷疑喔——不相信我已告訴你童話的三十三種作用，那就麻煩再看一遍，再算一遍。（別說我沒提醒過你，這很浪費時間、很執著的，也很不像讀童話的人，太嚴肅了）。

那麼，就請開始閱讀吧——。

越非比　弄筆舞於南投　花太也書堂

（本文作者為作家，國小語文教材專家）

【自序】五彩童話路

寫作對凡事三分鐘熱度的我來講，是一場奇蹟式能夠持續下去的夢想。

最早對兒童文學有所接觸，是因為教國小作文班，而意外踏入這個領域，後來試著寫作童話，在編故事的過程中，經常自己寫到笑出來，跟我創作其他文類的經驗相當不同，過程十分好玩。

多年來斷斷續續地寫著，在去年有了結集的念頭，因而主動詢問出版社的意願。在乖乖等待出版社審稿的那個月裡，真覺得自己像等候放榜的考生，又期待！又擔心！然後在某個夜晚，我夢見出版社答應要為我出書了，樂觀如我，當然把它解讀成好預兆。果然，過沒幾日，很幸運獲得了出版的應允。

兒子黑皮，大約從中班開始，即在小王子美術班紀老師的門下學畫，至今已小學五年級，仍然樂在學習中。黑皮平日在家也喜歡隨手塗塗畫畫，也許是先父的美術細胞延續到了這個未曾謀面的外孫身上吧，黑皮的畫活潑生動，受到紀老師和多人的稱讚。黑皮上小學後，一度使小性子不想再學，還好我們和老師都以無比的耐心激勵他，讓他能重燃興趣而堅持下去。一路走來，畫圖的時光變成他的快樂時光。

我跟出版社提議，本書的插圖是否可由黑皮來表現，這樣對小孩是個激勵，而對將他產出於地球的我們，也有莫大的成就感。就這樣，從完成的美勞作品中挑了恰好符合文意的幾件，然後，哀求加禮物，請黑皮又配合故事加畫了十幾幅圖，大功告成，母子同樂！我彷彿聽到故事們在對我說著謝謝。

在校稿的同時，我也跌入了時光隧道，回到當初創作它們時的那些日子裡。這些故事的靈感來源，有的是跟一群有童心的同事們說說笑笑時的笑點，有的是黑皮小時候與友伴們的某些行為或想法，有的是報紙刊載的有趣新聞，也有的是自己的生活哲思。在我用盡腦汁後，變成了一個個長長短短的故事。

如果，我的第一本童話集，黑皮的圖，能給讀者帶來愉快的閱讀時光，所有創作過程中的辛苦，都有了甜美的意義。歡迎你，進入我們母子的想像世界，一起同樂。

目次

被臭味追逐的人

被臭味追逐的人

一陣秋風吹來，空氣中飄浮著的，卻不是屬於秋天該有的蕭瑟與微涼，反而是……「好臭，哪來的這股怪味？」大夥兒豎起了鼻孔，這裡嗅嗅、那裡聞聞，還是不知道怪味從哪裡來。其實，如果有人夠細心的話，就會發現香香正坐立不安、繃緊了神經呢！她隨聲附和著：「好臭！好臭！」心裡面卻很擔心，怕大家「尋聲辨跡」而來，發現她就是罪魁禍首，那就糗大了啦！

「香香」就是這樣一個被臭味追逐的人，她的身上會發出很多股惡臭，香香曾經偷偷地清查了一番，發現身上總共有五個地方會發出臭味：一張口，便發出「口臭」；一抬手，會發出「狐臭」；在太陽下走一回，會有「汗臭」；一進房間，脫了鞋子，會聞到「腳臭」；吃完地瓜，就會放出「臭屁」。如果說，一次只會發出一種味道，或許香香就不會如坐針氈了，可惜，這五種臭味都爭著要做主角，所以，香香的日子就不好過了。

最有意思的是，身上充滿這些異味的香香，可是個不折不扣、貨真價實的大美人哦，白淨的皮膚，配上水汪汪的大眼睛，誰會懷疑令人作噁的臭味，竟是這位令人想一親芳澤的大美人所發出來的呢？

可憐的香香，愈是坐立不安，愈感覺到自己身上異味難聞。她的床頭櫃裡，偷藏了很多去除異味的物品，例如：各種味道的花露水、去臭劑、漱口水等等。但這些東西不但沒有將身上的怪味去除，反而和她的臭味混在一起，形成了一種更噁心的味道，陣陣向她襲來。

「咦，什麼是臭味島？」香香偶然在一本《蒐奇誌異》的雜誌上看到一篇介紹「臭味島」的文章，激發了她的好奇心。原來，這座島上的居民，每個都是身懷異味，臭氣沖天，因為受不了別人異樣的眼光，所以才來到這座島上。

「這個世上，竟然有這麼多的人和我有同樣的苦惱。」香香覺得很有趣，稟告了家人之後，很快就出發了。她懷著一股「尋找同類」的興奮心情，飄洋過海，總共花了七天七夜的時間。當香香的小舟靠近臭味島時，一股臭味襲捲了過來，香香一連打了十幾個噴嚏，吐了好幾口酸水，小舟也搖晃得特別厲害，似乎連它也被這股濃濃的臭味給嗆到了。但，這股惡臭不但沒有嚇走香香，還讓她覺得通體舒暢，終於可以不必再擔心自己身上所發出的怪味啦！

「怎麼沒有半個人影呢？」香香左顧右盼，不見一點人跡，便自己沿著島緣走去，島上瀰漫著一股又濃又濁的臭味，像是臭水溝裡躺著很多老鼠的腐屍，又像是一座垃圾桶掩埋場發出堆積已久的臭味。香香這邊找找、那邊看看，終於在一個洞口發現人跡，那是這座島上的「大王」，他講話的時候會有口水從嘴角不斷流出，伴隨著口水的，當然是令人難以忍受的臭味。「您好，我是新來的香香，請多指教！」香香好不容易看到一個人影，便很熱絡地趨前寒暄，沒想到，「大王」翻了翻白眼，轉身就走了，留下不知所措的香香。

這還只是一個開端，很快的，香香就發現「大王」的冷漠並不是特例。這座島上的住民不僅平常很少互相打招呼，而且對彼此所發出的味道也十分嫌厭，他們並不因為自己身上也發出臭味而接受別人身上的臭。有的人是無可奈何地活著，既不去接觸其他的島民，也不去做些有趣的事情，只是懶洋洋地坐著、躺著；頂多從島的這一端走到那一頭，誰也不理睬。也有比較忍受不了寂寞的，就三五成群地聚著，說些自怨自艾或憤世嫉俗的話，一天又過一天。不管是哪一種人，他們有一個共同的特色是「自卑」，既不能接受自己也不能接受別人，而且慢慢地同家人、朋友脫離了關係，愈來愈孤單了。

香香一點也不喜歡這種感覺，她試著去打入別人的生活，卻總是覺得不習慣，雖然她覺得自己身上所發出的臭味造成了生活上的很多不便，但她從來都不覺得自己是一個「多餘的人」或是「沒有用的人」。同時，因為自己的臭味，她更加地能夠體諒別人一些先天的怪毛病。她覺得應該告訴別人，有臭味也不必自暴自棄，因為這是沒有辦法改變的事，就不需要太在意了。但是，每當她這樣說的時候，大家就覺得跟她有了距離，不是批評她「太天真」、「太故作清高」，就是更加自卑，覺得自己不如香香。當初只是抱著好玩、好奇的心情來到這座島上的香香，開始覺得無聊了，她想念自己的家人，想回家了……

「香香，你終於回來了！」家人看到香香，全都高興地跳了起來，讓香香覺得好溫暖，大家報告著自己的生活瑣事，還決定上街去吃館子。「好啊！去吃我最愛吃的『胖嚕嚕美食館』。」香香很快地提議，一想到胖嚕嚕的山東餃子，口水都快流出來了。

正說著，「胖嚕嚕」的老闆就來了，他深鎖著眉頭，一臉心事重重的樣子。

「胖爺！」大家看到胖爺來了，都覺得很驚訝。

原來，「胖嚕嚕美食館」發生大事了，大概在一個月以前，美食館開始發現臭味，而且找不出原因，任由大家再怎麼清掃，就是會有一股奇異的臭味。隨著時間過去，不但異味無法消除，還愈來愈嚴重，把客人都嚇跑了，生意愈來愈差，最後根本就沒有人上門，連夥計都不幹啦！

大概是因為自己身上的異味吧，香香有個「特異功能」，就是對臭味特別敏感，她看到胖爺愁眉不展，於是自告奮勇地要替她找出臭味的來源。香香用她靈敏的嗅覺，只花了一個下午的時間，就解決了胖爺的煩惱；原來，是天花板的一角有大堆的老鼠屎、蟑螂屎，清掉以後就好了。胖爺連聲道謝，說香香真是他的恩人呢！

這件事就這樣過去了，過幾天，總統府也出現了一股惡臭，同樣的，儘管出動了很多的人力，集合了很多經驗豐富的清潔人員，還是沒有辦法使這股味道消失，這可是有損國家尊嚴的大事哪！所以，總統開始坐立不安了，都不敢邀請外賓來這裡談話，這可會耽誤國家的外交進展。為此，總統府的發言人還鄭重其事的在電視新聞上呼籲大家，請有辦法的人民前往一試。香香看到了這則新聞，心想：「這是建立臭味島民自信的大好時機。」就回到臭味島去說服大家。

香香使出渾身解術才說動了大夥，這一群被臭味追逐的人浩浩蕩蕩地前往總統府。一路上所經之處，都散發出異味，使得路人紛紛掩鼻；但是一到了總統府，卻受到總統的禮遇，總統可是對這一群人期待甚高呢！

究竟是什麼味道使得總統府發臭？「找到了，是這包茶葉！」耳朵會發臭的「大大」首先找出了原因。

「不對，是這窩老鼠搞的鬼！」鼻孔會發臭的「呆呆」也找到了一窩死掉的老鼠。

「奇怪，怎麼還有味道？」正當大家鬆了一口氣時，「大王」用力嗅了嗅，提出他的疑問。

可憐的總統都要哭了，大家第一次看到總統如此沮喪，都不知道怎麼安慰他。大家都使出了全力，鼻子都嗅得快爛掉了，還是找不到原因。

如此過了三天，一覺睡醒之後，「大王」突然打了一個噴嚏，「有了！」「大王」打開書櫃上的一本資料夾，果然發現裡面的紙張會發臭，這就是原因了！經過化驗之後，發現紙張塗滿了藥水。總統氣得說不出話來，因為那是一個邦交良好的鄰國所送給總統的資料，沒想到竟在紙張裡偷偷塗滿了會發臭的塗料，想要以此來使總統府發臭，真是太可惡了！幸好，大家並沒有辜負總統的期望，用靈敏的鼻子，合力把異味找了出來，等於幫了國家一個大忙。一時之間，這群被臭味追逐的人都成了英雄人物，還上電視接受訪問呢！

經過了這件事以後，這一群被臭味追逐的人都對自己比較有自信了，大家都覺得：除了自己身上那股怪味之外，其實自己還是一個有用的人，甚至於會有別人沒有的特殊才能，何必自暴自棄呢？香香看著大家臉上逐漸出現的開朗神情，也覺得安慰極了，她提議道：「不如我們群策群力，一起來建設臭味島成為一個有特色的觀光區。」

大家都覺得這個意見很好，連總統都補助了經費呢！經過了一年的時間，臭味島已經規畫完畢，選在十月十日正式「開張」啦！

那一天，賀客盈門，整個臭味島上都擠滿了人，滿天都是鞭炮。而且，臭味島也改名了，島上的紀念館貼著對聯，橫聯是「臭彈留香」，直聯則是「風吹草低臭味飄，入人心脾好味道」。沒錯，臭味島已經改名成「臭彈島」了。

這座臭彈島，有「臭味三溫暖」可以洗；也有賣「臭豆腐」、

「臭蛋」、「臭魚」、「臭味全席」等臭味食品；更有精心設計的十個洞口，每一個洞口都有不同的臭味，當然，這些臭味都是經過研究開發，絕對適合人類的嗅覺，不但不覺得噁心，還會使人念念不忘，懷念它的特殊味道呢！

除了吃喝玩樂，大家還組成了「臭彈島清潔隊」，專門接受清潔打掃的委託，替大家維護環境，尤其是解決一些特別難處理的異味。最有意思的是，他們還開發了一種產品叫做「臭味辨識器」，比人的鼻子還要靈敏。

這一群被臭味追逐的人，在「臭彈島」上重新建立了他們的自信心。當秋風吹過，他們不再意志消沉，反而綻放出自信樂觀的神采呢！

蒙娜肥麗莎

蒙娜肥麗莎

仙人掌嘟嘟從青春期開始，就愛上了炸冰淇淋和各種甜食，連飯量都比以前多了許多，加上她又貪睡，所以身材一下子就往「橫」的發展，於是就被朋友們取了個名副其實的綽號——「嘟嘟」。一個人攬鏡自照時，嘟嘟對自己的豐滿身材「雖不滿意，但可以接受」，覺得自己還肥得蠻可愛的，所以就很泰然自若地接受「嘟嘟」這個封號。

但是，自從「小纖」來了以後，一切都改變了。

當兩棵仙人掌往鏡子前這麼一站，鏡子裡立刻就出現了兩個完全不同的影像，瞧！那婀娜多姿、身材曼妙的，可不是被大家封為「仙人掌學校的第一美女」——小纖嗎？她看起來亭亭玉立、楚楚動人，總是吸引著大家的目光；再瞧，旁邊怎麼還有個肥妞呢？那就是喜歡享受美食的嘟嘟啦！怎麼長得一點也不像「有型有款」的仙人掌，反而像是棵耶誕樹，又像是一座雷峰塔呢？

望著鏡子裡兩個強烈對比的影像，嘟嘟默默地決定要減肥了。

她偷偷地買了一本《減肥雜誌》，從裡面挑出一份最簡單的減肥食譜，打算好好地實際演練一番：

早餐：熱咖啡一杯

午餐：番茄兩顆

晚餐：燙青菜一盤

其實，嘟嘟平常就很喜歡喝咖啡，但總是加了一大堆的奶精和方糖，都快變成咖啡牛奶了，奶精和方糖可是減肥的大敵哦，所以囉，嘟嘟的減肥咖啡是「純」的咖啡，而且就這麼小小一杯，黑得像媽媽的中藥湯，對有「品味」的愛好者來講，這杯咖啡可是很正點的，可惜嘟嘟喝得不習慣，蹙著眉頭說：「噁！苦死了！」真像在喝毒藥！

第一天這麼折騰下來，嘟嘟餓得躺在床上，什麼事也做不了，而且肚子一直咕嚕咕嚕地叫，嘟嘟已經不顧一切了，打開冰箱就吃了起來……

「咦！昨天買的鮮乳怎麼不見了？」

接下來的日子，嘟嘟不斷地發現，冰箱裡的東西經常不翼而飛，為此，她懷疑是妹妹幹的好事，還和妹妹大吵了好幾架，把妹妹罵個半死。

蒙娜麗莎哭了

這一天，嘟嘟發現冰箱的食物又少了，氣呼呼地要走到妹妹的房間去罵她，卻在半路上滑了一跤，「誰在地板上灑水？」嘟嘟揉著摔疼了的屁股，很生氣地站了起來，「怎麼連天花板都在滴水？」嘟嘟又摸了摸滴溼的頭髮，很狐疑地想道。沒想到站起來時碰到了牆上的世界名畫——蒙娜麗莎，頭腫了一個大包，「可惡，連蒙娜麗莎都欺負我！」氣極了的嘟嘟作勢要往蒙娜麗莎臉上捶去，卻發現……

「蒙娜麗莎怎麼哭了？」牆上的蒙娜麗莎非但沒有露出雍容華貴的笑容，反而是一臉悲苦，看起來很傷心的樣子，眼眶裡還有淚水在打轉呢！

「蒙娜麗莎，你怎麼了？」一問之下，蒙娜麗莎索性哭了起來，用兩隻胖手摀著眼睛說：「我，我，我慘了！」

原來，冰箱裡的食物不是妹妹吃掉的，而是貪吃的蒙娜麗莎偷偷地從畫裡面跑出來，把食物給吃掉了。

「達文西（按：畫這幅畫的畫家）在天上看到我因為偷吃東西變胖了，就很生氣地下令，如果我不能回復原來的體重，就不讓我參加一年一度的『蒙娜麗莎』大會了。」蒙娜麗莎把事情一五一十的告訴嘟嘟，並且說每年的十月十八日是人間的蒙娜麗莎們（按：「蒙娜麗莎」原是一幅畫，可以複製成許多張）到天上相聚的日子，這一天，每一幅蒙娜麗莎的複製品都會暫時「靈魂出竅」，到天上聯絡聯絡感情，說說笑笑，這可是大家引頸企盼的年度盛事呢！

傷心的蒙娜麗莎一邊說一邊哭了起來，楚楚可憐的樣子看得嘟嘟十分不忍，趕忙說道：「不要難過了，你既然能夠偷偷出來吃東西，那再偷偷出來減肥，不就好了嗎？」

沒想到蒙娜麗莎聽了這話，反倒更難過了，索性大哭起來，說道：「就因為我偷吃東西，所以被達文西在天上詛咒，讓我不能再自由進出畫框了。」

蒙娜麗莎的眼淚又滴滴答答地掉到地上，這時，嘟嘟突然想起了「芝麻開門」的咒語，趕忙問蒙娜麗莎，知不知道達文西的咒語如何破解。

蒙娜麗莎絕望地搖了搖頭，說道：「如果我知道就好了。」神情愈來愈憔悴，看起來有幾分憂鬱的美，嘟嘟替美麗的蒙娜麗莎難過極了，憐惜地說道：「蒙娜美麗莎！蒙娜美麗莎！」

蒙娜麗莎突然叫了起來，「咦，我的左手臂會動了！」

「天啊！難道是唸對了咒語？」聰明的嘟嘟反應很快，趕緊又叫了幾句「蒙娜美麗莎！」，但是蒙娜麗莎的身體卻不再有反應了，把兩個人急得像熱鍋上的螞蟻。

嘟嘟一直試驗新的方法，叫「蒙娜俏麗莎！」時，頭也慢慢地轉動了；叫「蒙娜甜麗莎！」時，右手臂則有了動靜，但是，身體卻始終沒有感覺。折騰了一個下午，兩個人都累垮了，身體還是出不來，嘟嘟看著困在裡面的蒙娜麗莎胖胖的樣子，突然脫口說道：「蒙娜肥麗莎！」說時遲那時快，蒙娜麗莎竟然應聲而出，一下子就「蹦」地跌跳到地上。

一同去減肥

為了幫助蒙娜麗莎減肥，也為了自己的身材著想，嘟嘟和蒙娜麗莎成了減肥的伴侶，結伴跑步、打籃球，但是，這兩個人實在是太沒有毅力了，成果不彰，根本就瘦不下來。眼見著十月十八日就快要到了，兩個人都只能乾焦急；這時候，嘟嘟在學校參加的芭蕾舞團也快徵求女主角了，嘟嘟一方面想當上最佳女主角，一方面又瘦不下來，真是急死了。

有一天，嘟嘟無聊地翻了翻報紙，眼光立刻被一則「減肥」的廣告所吸引：

亮姿仙人掌減肥中心

廣大無垠的沙漠中，你也可以成為其中最耀眼的星星！

（瘦身一次，新台幣一千五百元）

嘟嘟把自己的存款拿出來，仔細地數了一數，喔，剛好夠用呢，接下來當然就是報名減肥囉！不過問題又來了，蒙娜麗莎如果出現在亮姿，只怕亮姿的會員會以為鬧鬼，怎麼辦呢？

「有了！我把你照入相片中，帶進亮姿，再從照片中把你叫出來好了。」嘟嘟想出了這個絕妙好計，終於可以成行了，於是我們看到：

嘟嘟和蒙娜麗莎在踩室內腳踏車，踩不到五十下，就累得癱倒在地上，不但沒有達到亮姿規定的兩百下，而且還偷偷從皮包裡拿出一瓶茉莉蜜茶喝起來……

嘟嘟和蒙娜麗莎吃了一大盤的玉米沙拉，可是在亮姿要她們記錄的食譜日記裡，卻只寫了「玉米」二個字，絕口不提沙拉……

諸如此類的事情，點點滴滴，最後，亮姿的專員終於忍不住拿著一星期以來的體重記錄（不胖也不瘦），對嘟嘟說：「小姐，這樣是不行的。」她接著又拿出一份文件，說：「根據我們的規定，如果在一個月內體重減輕不到三公斤，就要另外付給公司一萬元，但如果在一個月內能減輕五公斤，就可以領回你所繳的錢，現在只剩下三個星期了，該怎麼做，你們應該知道吧！」

如願以償

被這筆錢嚇壞的嘟嘟和蒙娜麗莎，在接下來的時間內，自動自發地在揮汗如雨的太陽下打籃球、慢跑，遵行亮姿的減肥菜單，晚上還常常因為憂慮而失眠（怕拿不出一萬元）；不到三個星期，兩個人就瘦了五公斤，可以提前解約，領回自己的錢。當嘟嘟和蒙娜麗莎拿回這筆錢時，兩個人都累壞了，也餓壞了……

十月十八日，蒙娜麗莎終於如願出現在天上的聚會之中，嘟嘟也當選了芭蕾舞的女主角。當達文西在天上看到回復標準的蒙娜麗莎時，不但沒有罵她，還拚命跟她打聽減肥的方法，原來，達文西在天上也因為太無聊而變胖了……

殺價先生

殺價先生

「司機，麻煩你把車子停在前面就可以了。」王大明很有威儀地推了推眼鏡，對計程車的司機說道。

「兩百元。」司機按照指示靠邊停車，照著收費錶上的數字跟王大明收錢。

「對不起，這錶是三十秒以前才跳的，所以我只能給你一百九十六元。」王大明匆匆丟下早已數好的一百九十六元，迅速地跳下計程車，臉上還帶著一絲勝利的微笑，留下愣在那裡的司機。搞清楚以後，司機才破口大罵起來，但是王大明早就已經走遠了。

王大明——就是這樣一位愛貪小便宜、愛殺價的小氣鬼，說起來他喜歡斤斤計較似乎是天生注定的。當他還在媽媽肚子裡八個月大的時候，有個半夜，王大明的媽媽突然劇烈陣痛，叫醒爸爸把她送到醫院，醫生發現可能有早產的現象，於是留王媽媽住院一晚。王爸爸一聽說可能會提早生產，便忙著跟醫生「討價還價」，商量生產的費用能不能打個便宜的折扣，把等著要生產的王媽媽痛個半死，那一夜，王大明就提早出生啦！

王大明從小就喜歡殺價，同學要把一盒彩色筆賣給他，殺！在巷口看上一件外套，殺！吃牛肉麵時老板少放了一塊牛肉，殺！王大明幾乎是「殺價」長大的。

說也奇怪，王大明差不多是「有價就殺」，而且幾乎每一次都能夠成功，大概是因為兩個原因吧：

第一：他殺得理直氣壯，臉不紅氣不喘，而且分析起殺價的理由時，頭頭是道，令老板啞口無言。

第二：一旦殺價不成，馬上轉頭就走，絕不會多看商品一眼，反而使得老板變得很緊張。

067 殺價先生

時間久了，附近的人都慢慢地認識他了，他們偷偷地叫他「殺價先生」，老板們對他十分不滿，因為他「殺價不眨眼」；婦女們對他則是又羨慕又嫉妒，因為他總是能夠殺價成功。「殺價先生」成了這條街的英雄，同時也是狗熊。

殺價先生還有一項特點，令大家自歎弗如，那就是：不管在什麼艱難、緊急的環境下，他都能不慌不忙地進行殺價的工作。例如有一次，他車禍受了傷，到醫院求救，等到包紮完畢要付錢時，他還是忍住疼痛，跟護士殺價。哪有人到醫院看病還殺價的？偏偏就是讓這個護士給遇上了，一時目瞪口呆，不知道該怎麼接話。

這一天，殺價先生的手錶一不小心弄丟了，他只好心不甘情不願地到鐘錶行買錶，可是他不到裝飾得富麗堂皇的大鐘錶店去買，因為——價錢難「殺」！上次好不容易才殺了一百元，從此被那間鐘錶行列為拒絕往來戶。所以，他這次決定到一家從來沒去過的小店，殺他個痛快。

殺價先生千挑萬選，終於看上一只定價兩千元的錶，他慢慢地盤算了一下，那老板長得畏畏縮縮的，連話都講不清楚，一定很容易就可以殺價成功吧！「八百五，就這樣決定了。」老板聽到這個低得離譜的價錢，當然是不肯賣啦！可是，我們這位「冷面殺手」，照樣面不改色地把八百五十元往桌上這麼一丟，就大搖大擺地走啦！

「怎麼有人這麼沒有天理？」「簡直就壞透了。」「可憐的老伯伯，好不容易才賣出一個錶，卻遇上這種壞人。」嘰嘰喳喳、咬牙切齒地討論這件事的，正是這只手錶上的十二個數字，它們跟鐘錶店的老板已經有了感情，眼看他養到一群不孝的兒女，一個個翅膀硬了，就遠走高飛，留下老伯伯靠著慘淡的生意過活兒，今天好不容易來了個顧客，大夥兒都替他感到高興，沒想到卻被佔了便宜啦！

一想到可憐的老伯伯只拿到八百五十元，這一群「數字」就想從錶面上跳下來，但又覺得這樣做好像不太好，「不行，我們一定要給殺價先生一個教訓。」它們一致認為：沒有給殺價先生一點顏色瞧瞧，太便宜他了。

「再怎麼說，時間都是無價的，難道殺價先生沒有聽過『一寸光陰一寸金，寸金難買寸光陰』這句話嗎？」大夥除了替老伯伯抱不平以外，對自己成了「廉價品」，也都忿恨不平。

「不如我們大家輪流休息，讓殺價先生的時間變得一團混亂。」想到這個整人的好主意，大夥都興奮極了。

「今天我先休息好了。」「8」自告奮勇地說道。這個偉大的計畫就這樣開始了……

殺價先生一覺醒來，發現手錶指著九點（其實是因為今天「8」休息了，時間直接從「7」跳到「9」），「糟糕，怎麼會睡過頭呢？」殺價先生很慌張地衝到辦公室，卻發現公司裡連個人影都沒有。

第二天，輪到「11」休息了。殺價先生在工作的空檔時抬頭一看，發現已經十二點了，就很快樂地出去吃午飯，結果在路上遇到公司的老板，被狠狠地罵了一頓：「現在才十一點，怎麼就出來吃飯了，還不趕快回去工作！」

殺價先生的時間，果然被這群輪流休息的數字給搞得亂七八糟、筋疲力盡，每天都會出很多差錯，再也沒有力氣去跟別人討價還價了。

「糟糕，我們好像玩得太過份了。」「才怪，像這種人多給他一點教訓也不算什麼。」數字們七嘴八舌地討論起來，大家的看法並不相同，有的認為這個遊戲可以停止了，有的認為還要繼續下去，表決的結果是：七比五，遊戲可以結束了。

結束之前，他們還想跟殺價先生「曉以大義」一番，告訴他這樣欺負人是不對的。

「喂，殺價先生。」它們一起喊道。

殺價先生很不安地前後左右看了看，臉上神情很奇怪。

「沒錯啦！是我們在叫你，殺價先生。」

殺價先生嚇得從床上跳了下來，「鬧鬼啦！鬧鬼啦！」

殺價先生一路跑、一路想把手錶脫下來，但因為太緊張了，所以一直脫不下來，數字們也很著急地大喊：「殺價先生，我們只是要告訴你，不要隨便欺負人而已啦！」

殺價先生哪裡聽得進去，他只是沒命地往前跑，一直到消失在街的另一端……

會ㄏㄨㄟˋ 飛ㄈㄟ 的˙ㄉㄜ

保ㄅㄠˇ 齡ㄌㄧㄥˊ 球ㄑㄧㄡˊ

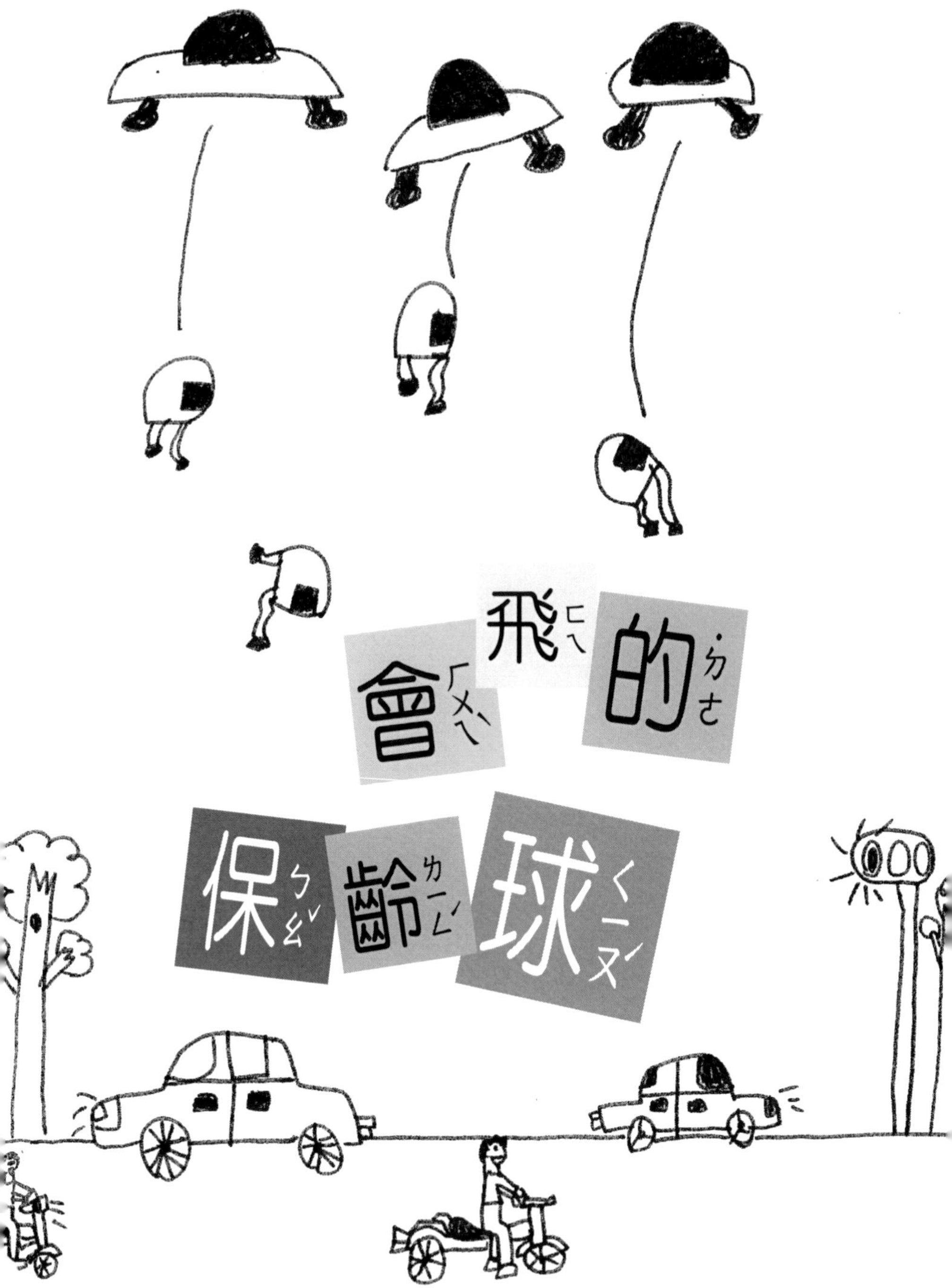

會飛的保齡球

「哈啾」、「哈啾」，這一個月以來，整座城市充滿了一片「哈啾」的聲音，那是因為有一股怪風，總是會突然來、突然去，而且每次都來勢洶洶。每當這陣風一颳起，大家的頭就開始痛起來了，尤其是騎摩托車的人最可憐，頭一痛，鼻水就一直流，整條馬路上的騎士都不停地打噴嚏，還要趁著紅燈的時候趕緊將鼻涕擤掉，所以，每輛車的車籃都放滿了一大堆衛生紙的「屍體」，等到下一陣風又颳起，這些「屍體」，就會被風吹出，紛紛墜落在馬路上，遠遠看去，就像是一顆顆的餛飩掉在地上。

可憐的不只是掃「餛飩」的清道夫，還有被風吹得亂七八糟的樹葉、花朵，它們哀聲歎氣地叫道：「可惡的怪風，害我們朝不保夕。」不過，最慘的應該還是這座城市的全體市民吧！大家忙著找醫生看病，忙著跟學校、公司、工廠請病假，忙著抱怨，忙著燒香拜佛，忙著找出怪風何時會來……

「你滾，永遠都不要再讓我看到你！」風媽一邊哭鬧著，一邊把風爸狠狠地推出門外，風爸也覺得一股怒氣無處發洩，便飛快地往門外衝，一邊跑一邊罵風媽。

原來，使這座城市「哈啾」、「哈啾」的，便是這一家子，包括「風爸」、「風媽」和「風童」。

最近，風爸因為工作得很累，所以回到家以後，火氣還是很大，不知不覺就變得很不耐煩，而且喜歡找風媽和風童的麻煩，來發洩他在辦公室所受的氣。

「你以為自己賺錢養家就了不起啊，跩個什麼勁呀！」風媽看到風爸那種臭氣沖沖的臉，火氣也不由自主地提上來了，她覺得自己為了照顧家而付出多少的心血，甚至還把工作辭掉，可是風爸不但一點也不知道感激，還常常嫌這嫌那，簡直就太不知「憐香惜玉」了。

風童最無辜了，他每天安份守己，可是還是常常被「波及無辜」，遭到無妄之災。「吃個飯，動作也慢吞吞，就跟你那死老爸一樣。」風媽把風爸罵走以後，覺得不過癮，便又罵起一旁乖乖吃飯的風童；風爸的修養也很差，「這麼晚了，還不去睡覺，看什麼電視！」他跟風媽吵了一架後，把氣都發在風童身上。「我受不了了！」風童哭著跑出家門，邊跑邊哭，他真氣爸爸媽媽把他當成出氣筒。

地上的人們哪裡知道，自己成了這一家子的犧牲品啦！風爸、風媽、風童輪流發脾氣，城市的人們就輪流「哈啾」，他們怎樣也沒想到，風的「家庭問題」變成了一個難解決的「社會問題」啦！

正當城市裡的人被這股怪風搞得心煩意亂、不知所措時，又有另一件事情令城市裡的人恐慌……

「嗶——嗶——」在星球中某個大城市的「太空遙測中心」裡，一台儀器發出響聲，「注意！有不明物體出現！」螢光幕上出現警戒的訊號，工作人員目不轉睛地盯著螢幕，注意兩個黑點的移動路線。

咪咪和娜娜不知道自己已經成了人類所謂的「不明黑點」，她們其實只是兩個愛玩的外星人，時常趁著夜晚，相約出門兜風，順便看看有沒有什麼新鮮事。

「咦！那是什麼？」她們今天興致特別好，一個高興便飛離了平日常走的路線，來到一個陌生的星球，那裡有很多高高低低的建築物，裡面住著很多「會動的東西」，咪咪和娜娜好奇極了，她們第一次看到這麼多稀奇古怪的東西，不禁想靠近一點來看個明白。

「唉喲，怎麼突然來了一陣強風，冷死我啦！」咪咪被生氣的風媽掃個正著，身上打了個寒顫。

「你看，大家都在打噴嚏！」娜娜發現，路上到處都是用過的白色衛生紙，飛了一地。

咪咪和娜娜不小心發現了這件困擾人類的事，便決心把事情弄個明白。

「你可惡，我要跟你離婚！」風媽氣極敗壞地罵出了這句話。

原本乖乖縮在一旁的風童突然狂跑起來，奔出門的時候，口中還喊著：「你們離婚好了，離婚好了！」一邊哭一邊罵著：「大家都不要我了！我討厭你們！」

這場家庭風暴，吵醒了正在打瞌睡的咪咪，她這才知道：原來是因為這樣，才使得人類不斷地打噴嚏。

咪咪和娜娜商量著，怎麼樣才能勸風爸和風媽和好，使人類不再打噴嚏。

「我們又不會講『風話』，也不會講人話，怎麼幫大家呢？」咪咪和娜娜苦惱了。

眼看著風一家的感情愈來愈差，人們的頭痛、流鼻水症狀也愈來愈差，善良的外星人，也跟著愈來愈焦急了，「走，我們去阻止『風』！」衝動的娜娜看著這場家庭風暴愈鬧愈大，拉起咪咪的手，就衝了出去……

「喂，風爸，你知不知道人類快被你們整死了！」娜娜朝著風爸大喊，風爸看到兩個奇怪形狀的小飛人朝他飛來，又聽到「轟轟轟」的巨響，（風爸聽不懂外星人的話，所以以為那是「轟轟轟」的聲音）還以為鬧鬼啦，趕緊摀了耳朵，拚命往前跑，當然，他跑得愈快，人們的噴嚏就打得愈來愈厲害。

「都是你害的，妳看，不但沒有『幫到忙』，而且還『幫倒忙』！」咪咪不禁埋怨起娜娜。

「只能說是風爸太笨了，人類一定比較聰明，我們還是直接跟人類解釋吧！」

這兩個善良的外星人又想出了這個辦法，便迅速地飛向人類。

「嗶——嗶——」太空遙測中心裡的儀器，又再度出現這種訊號，「請注意螢幕上的黑點！」等待外星人已久的地球人，豎起了耳朵、提高了警覺，一心想捕獲這兩名不明飛行物，研究一番。太空人員的心情，隨著咪咪和娜娜的靠近而興奮異常，既緊張又期待。「發射！」終於，兩道強光射出，直直射向這兩個好心的外星人。

咪咪嚇壞了，在還沒有搞清楚怎麼回事以前，她已經被娜娜拉回他們的居住地，雖然千鈞一髮，沒有受傷地安全歸來，卻早已嚇破了膽。

「可惡的人類，真是好心沒有好報！」咪咪和娜娜的同伴們看到人類這樣隨便射殺自己的夥伴，十分生氣，紛紛罵起人類來了。

「算了吧，他們只是因為好奇才射殺我們，哪裡知道我們是想幫助他們呢？」一片責罵聲中，突然有人冒出了這句話。

「就是說啊！其實，他們已經被『風』整得夠慘了，何必再跟他們計較。」漸漸的，又有一些同情人類的外星人這麼說。

外星人就這樣分成了兩派，一派強烈指責人類可惡的罪行，一派則站在比較寬容的角度來為人類辯護。

「你們這些，竟然『吃裡扒外』，還幫人類說話。」

「你們才小心眼呢！何必跟人類斤斤計較。」

講著講著，兩邊意見不合，都快打起來了。這時，一直不講話的咪咪終於歎了一口氣，說道：「唉！誰教這件事要被我們發現呢？當然是幫到底囉！」

因為咪咪決定要「以德報怨」，於是人類就有福啦！娜娜又再度出遊，當她看到人類熱中於保齡球的活動時，突然有了靈感，「把圓球的中間挖空，再加上透明的塑膠板及一條可以解開的帶子，戴在頭上，不就成了擋風的工具嗎？」主意一定，便集合全體外星人，趁著夜晚連夜加工，作成了一頂頂的擋風帽。等到天亮的時候，這些會飛的帽子從天而降，一一落在騎士的頭頂上，遠遠看去，真像是一顆一顆會飛的保齡球。從此，不但解決了人們吹風打噴嚏的困擾，也讓人們從中得到靈感，著手製作了「安全帽」，至於「風」的家庭問題怎麼解決呢？只有問風爸和風媽了。

鬼ㄍㄨㄟˇ 的ㄉㄜ˙ 大ㄉㄚˋ 和ㄏㄜˊ 解ㄐㄧㄝˇ

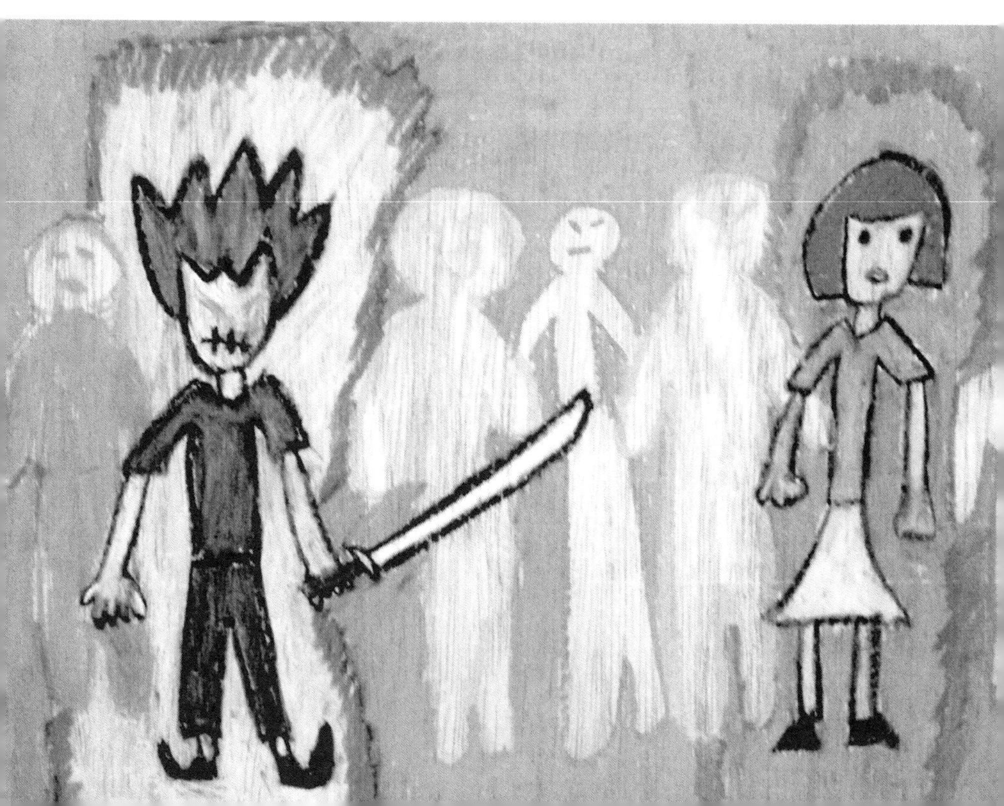

鬼的大和解

在陰風慘慘的秋天，本屆的「好鬼獎」候選人名單已經公布了，一位是「鬼頭鬼腦」，一位是「鬼鬼祟祟」，這可是鬼界一年一度的大事哪！因為最後當選的那位「好鬼」，可以升格成為「鬼仙」。對鬼來講，這可是莫大的榮耀，所以這份名單一公布，立刻在鬼界引起大轟動，大家都在討論這一則新聞，當然也免不了猜測這兩位候選人誰會當選。

「當然是鬼頭鬼腦啦，她看她長得方頭整臉，穿上華麗的壽袍，看起來多麼的有威嚴啊！」這位鬼頭鬼腦是中國的僵屍，當然也是僵屍中的領袖，有很多信徒，都跟隨她誦香禮佛。

「我覺得是鬼鬼祟祟會當選呢！你們看，他吸血的樣子簡直就是酷呆了，多麼地精準而迅速，現在流行的『一點即中吸血法』就是他發明的，帶給我們吸血鬼族多大的貢獻呀！」鬼鬼祟祟是西方的吸血鬼，他從小學習輕功，所以武術底子很高，一下子就能夠吸對方的血，吸血鬼們都跟著他學習「一點即中吸血法」，當然也造福了族人，是吸血鬼中的才子。

說著說著，二族的人一言不合，都快打起來了。如果是自己的族人拿到了好鬼獎，等於是這一族無上的榮譽，所以大家都把這件事看得很嚴肅，好像是自己在參加競賽一樣。

「哈哈！我鬼頭鬼腦翻身的機會來了！」鬼頭鬼腦一邊吃著大蒜，一邊用熨斗整理自己的壽袍，她在心中暗暗地想著：如果自己得獎了，天天抱著獎座睡覺的感覺一定好極了。

這時候，鬼鬼祟祟也在自己的家中一邊練功，一邊幻想著自己在發表得獎感言：「各位親愛的同胞們，本人從來就沒有想過要得這座好鬼獎，只是盡我的本份，誠誠懇懇地在做鬼，安安份份地在生活。如今意外得獎了，本人認為這是全體吸血鬼的榮耀，不敢獨享這座獎，所以願意把這座獎與大家共享。」說完還要把這座獎拋向天空，讓大家發出驚訝的歡叫聲。「哈哈！別人一定沒想到我會出這一招吧！」鬼鬼祟祟好像看到隔天的報紙頭條新聞寫著：「鬼鬼祟祟謙沖為懷，獎座與眾分享。」這一招，夠高明了吧！

現在可好了，全世界的人都想拿到這座獎，可是獎項只有一個，怎麼辦呢？鬼頭鬼腦和鬼鬼祟祟開始頭痛起來了，鬼頭鬼腦一直扯著自己的頭髮，鬼鬼祟祟則啃著自己的指甲，他們開始煩惱了。

「輸人不輸陣，至少要先把對方的氣勢給比下去嘛！」鬼頭鬼腦和鬼鬼祟祟不約而同地想到，只要在比賽當天能讓對方的助陣人士變少，在場面上就等於贏了對方。

這樣一想，兩個人就開始寫「幸運信」給對方的一族，鬼頭鬼腦是這樣寫的：「親愛的吸血鬼同胞，當你收到這封信時，好運已經降臨到你身上了，在『好鬼獎』的比賽大典中，只要你不出現，好運就會一直跟著你；但是，如果你出現了，就會有想不到的厄運降臨到你頭上！最後，別忘了將這封信照抄十份，寄給你的族人，否則，將會有災難發生在你身上。」接到這封信的吸血鬼，又是高興又是害怕，很快就又寫好十封信寄給自己的親朋好友，不久，大部分的吸血鬼（除了鬼鬼祟祟以外）都接到了這封幸運信，當然，他們也都暗暗決定不去觀看比賽大典了。

鬼頭鬼腦可沒想到，鬼鬼祟祟也想出了同樣的方法，殭屍族很快地也都接到了內容差不多的幸運信，所以，當比賽來臨時，整座廣場空空蕩蕩，只有鬼頭鬼腦、鬼鬼祟祟和主持比賽的「鬼王」三個鬼在場。

鬼頭鬼腦和鬼鬼祟祟哪裡知道自己的族人也被設計了，他們還以為自己的族人會呼朋引伴來了一大票，為自己搖旗吶喊；而對方會孤孤單單，連一個為他加油的人都沒有，所以，第一步就算是扯平了，誰也沒有贏誰。

「咦！怎麼沒有半個人來觀看比賽？」鬼王看到場面冷冷清清，心中暗自奇怪，等他看到鬼頭鬼腦和鬼鬼祟祟時，他又有了新的疑問：「這兩個鬼一個是中國鬼，一個是外國鬼，為什麼長得這麼像呢？難不成前世是夫妻？」頑皮的鬼王心中默默地決定，要找機會整整他們。

「現在，本屆的好鬼獎比賽開始，首先請雙方自我介紹。」

鬼頭鬼腦優雅地從皮包中拿出名片來，「我叫鬼頭鬼腦，請多多指教！」鬼鬼祟祟心中暗自想道：你長得這副鬼樣子，講話又有口臭，難怪叫做鬼頭鬼腦，但是嘴巴上還是說道：「久仰久仰！我叫鬼鬼祟祟。」鬼頭鬼腦也從鼻孔裡暗暗哼了一聲，想道：你果然是名副其實，長得一副不大不方、鬼鬼祟祟的樣子。

「比賽開始，首先請雙方玩成語接龍的遊戲，第一個成語是『一馬當先』，請鬼頭鬼腦先接。」

「先睹為快。」

「快馬加鞭。」

「鞭長莫及。」

鬼頭鬼腦和鬼鬼祟祟你一言我一語的，實力旗鼓相當。為了不讓對方贏，兩人速度變得愈來愈快，鬼王覺得，他們兩人已經渾然忘我，完全沉醉在成語遊戲裡了。這時，鬼頭鬼腦講到「青面獠牙」，鬼鬼祟祟一時接不出話，鬼王開始計時「一、二、三……」，眼看著獎座就要飛了，鬼鬼祟祟看著鬼頭鬼腦愈來愈得意的臉，心中升起一把無名火，愈燒愈烈，竟覺得鬼頭鬼腦講的「青面獠牙」是在罵自己，一個忍不住，就撲到鬼頭鬼腦身上，往她的脖子咬去。這時，不可思議的事情發生了！鬼頭鬼腦不但沒有尖叫，還露出不可思議的表情，「死鬼，真的是你！」兩個人馬上抱在一起痛哭流涕，完全忘了「好鬼獎」這一回事。原來，鬼頭鬼腦和鬼鬼祟祟是前世的夫妻，變成了鬼以後，就失去對方的消息了，現在又在鬼界重逢，簡直是太快樂了，兩個人又叫又跳，根本就忘了前一分鐘他們還想置對方於死地。

「哈哈，我就知道，他們前輩子一定是夫妻！」鬼王多麼得意自己一眼就看出他們有夫妻臉。他已經默默決定，這一次的「好鬼獎」獎座要同時寫上鬼頭鬼腦和鬼鬼祟祟的姓名，慶祝他們鬼界重逢，再為夫妻……

寂ㄐㄧˊ寞ㄇㄛˋ　電ㄉㄧㄢˋ話ㄏㄨㄚˋ　情ㄑㄧㄥˊ

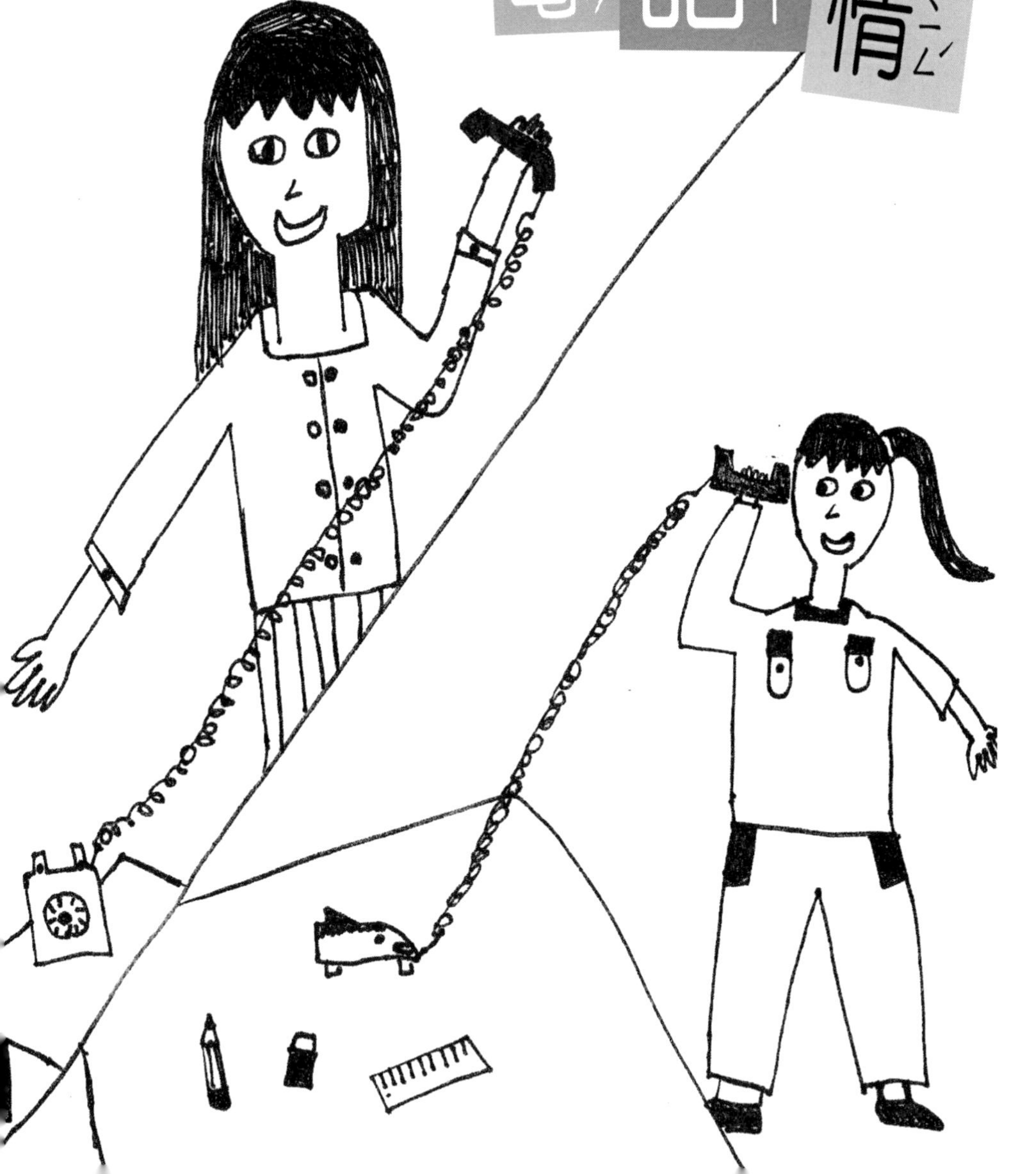

寂寞電話情

菁兒和亞雯，是什麼時候開始好起來的，連她們自己大概都忘記了。她們在學校隔著一班，並不是同班同學，但學作文的時候，卻恰好是同一班，而且座位相連，所以就慢慢地熟起來了。菁兒是獨生女，爸媽都住在國外，她和老奶奶住在一起，雖然老奶奶對她很好，可是，兩人可以講的話實在是太少了，因為老奶奶的世界是屬於教堂和朋友的，而，菁兒的世界卻是屬於小朋友、漫畫、電動玩具和零食的。

亞雯呢？她比菁兒好多了，有一個十八歲的哥哥和二十歲的姐姐。而亞雯今年剛滿十歲，因為她是爸爸媽媽在快五十歲的時候才生下來的，所以年紀和兄姐差了很多，雖然爸媽很寵她，但是畢竟有了年紀上的「代溝」吧，亞雯覺得她的寂寞不輸菁兒。

住在台北的小孩是不能自由地出去玩的，一方面是因為現在的壞人太多，小孩子隨便亂跑太危險了；另一方面，是因為「不能讓孩子輸在起跑點上」，所以下課的時間，大部分都貢獻給才藝班，寂寞——就這樣開始了。

「喂，是亞雯嗎？」菁兒不知什麼時候起，就常常打電話跟亞雯聊天，她們的話題從星座到血型，還有漫畫、上課的情形、老師和同學、家人……等等，無所不談，常常聊到嘴巴酸了，都還捨不得掛掉電話。

這是屬於她們之間的秘密，每當電話聲在安靜的空氣中響起，兩個小女孩的寂寞便得到了抒發，友情——在一通通的電話中，慢慢地搭成一座七彩的橋。

其實，亞雯和菁兒原都有自己的「死黨」，但那只是在學校時比較常在一起的朋友，下了課，就各自回家了，也沒有打電話聊天的習慣，應該是說，根本就沒有想到要打電話給她們吧，除非是有事情要聯絡。不知道為什麼，兩個在才藝班認識的小女孩，居然成了比同班同學還要親密的朋友，總是會不由自主地想起對方，不由自主地想要去撥那個熟悉的號碼，不由自主地聊個不停。

最奇妙的是，亞雯和菁兒的電話，也在不知不覺中，變成了好朋友啦！自從亞雯和菁兒變成了好朋友，時常打電話聊天以後，這兩具被冷落的電話，就開始有了受重視的感覺，這種感覺，是暖暖的，和冬天的太陽一樣，很舒服。

「喂，你有沒有覺得，自從亞雯和菁兒變成好朋友以後，我們的日子就有趣多了！」亞雯的電話說道。

「那當然，平常多無聊啊！每天都沒有人理我。」菁兒的電話平常很少響起，只有菁兒的爸媽偶爾會自國外打電話回來，但是國際長途電話那麼貴，總不可能講太久吧，所以，菁兒的電話經常都在打瞌睡呢！

「別提了，我的情況一點也沒有比你好，雖然常常會有人打來，但總是一些『標會』、『股票』、『房地產』之類的話題，都快煩死了。」亞雯的電話抱怨道。

就藉著亞雯和菁兒的通話，使得這兩具電話也變得很熟了。平常，她們只是扮演著「傳達事情」的任務，現在，她們也變成『建立友誼』的天使了，一日又過一日，她們也開始自己連絡起來啦！

她們發現，其實只要自己按下#字，就可以接到對方的線路上。兩具電話，就藉著這種方法，成了無話不談的朋友，當你在深夜時走過電話旁邊，摸一摸她，會發現——電話還溫溫的，因為，她們正在天南地北地聊天呢！

友情進展到一定的程度，電話就不夠用了，菁兒和亞雯現在連在學校的時間都黏在一起。一下課，亞雯和菁兒就會很有默契地往對方的教室走去，一看到對方，就覺得心裡踏實了些，有時她們嘰嘰喳喳地講著上課時發生的事，有時，誰也不想開口說話，只是懶洋洋地曬著太陽，但一點也不覺得無聊或尷尬。

但，不知道是誰先變了，這一對好朋友開始有了摩擦。菁兒這天一到作文班，並沒有先跟亞雯打招呼，反而是跟芳芳一直說說笑笑，五分鐘後，她回到座位上，還帶著剛剛那種說笑的快樂心情，興高采烈地跟亞雯說：「亞雯，剛剛芳芳說……」沒想到亞雯不但不說話，還故意別過頭去跟別人聊天，「你怎麼了？」菁兒的心中立刻出現了一個大問號，但她並沒有說出來，碰了這麼一個大釘子，她覺得亞雯簡直是莫名奇妙，一堂課都不想再理她。

這一天回到了家，兩個人都很不快樂，亞雯對菁兒和芳芳說笑的事一直都難以忘記，粗心的菁兒卻到這時還不知道亞雯在為什麼事生氣，她覺得亞雯太愛耍小性子了，真是可惡！這一個晚上，誰也沒有打電話給誰。

隔天，菁兒已經忘了這件事了，一下課就跑去隔壁教室找亞雯，亞雯看到菁兒來了，心裡鬆了一口氣，「幸好她沒有生氣！」亞雯在心裡對自己說，她對自己昨天的小心眼也有些不好意思，實在沒想到自己怎麼會變得這麼喜歡計較。

不知怎麼搞的，自從發生這件事以後，兩個人就常常不合。

有時候是打電話打到一半，菁兒一不小心說錯話，亞雯就立刻生了氣，在電話裡頭悶著氣、都不說話，使菁兒也說不下去，乾脆就把電話給掛掉。

先生氣的常常是亞雯，先打電話的卻是菁兒，菁兒慢慢地覺得，自己實在是倒楣透了，有時候她甚至會想：「為什麼都要我先去遷就她，她以為自己是什麼大小姐！」

亞雯想的，可不是這樣，她已經受夠了菁兒的「口無遮攔」和「粗心大意」，例如：今天上作文課時，亞雯很高興地對菁兒說：「你看，老師在我的作文上面畫了這麼多的圈圈。」菁兒看了一眼，說：「那有什麼，我的圈圈比你還多。」讓亞雯覺得很不高興。當菁兒和亞雯忽冷忽熱的友情，可苦了菁兒和亞雯的電話。當菁兒「啪」地一聲，掛斷了電話時，亞雯的電話覺得自己好像被人打了一巴掌，心裡真不是滋味。

這一天深夜，菁兒和亞雯的電話又悄悄地通話了，菁兒的電話很憂鬱地說道：「自從菁兒和亞雯要好以後，我們的日子就快活多了，可是沒想到，她們現在卻一天到晚鬧彆扭，真不知道是為了什麼？」

亞雯的電話也歎了一口氣，說：「這兩個小女孩，現在打電話總是不歡而散，可是她們心裡明明就很喜歡對方，真不知道究竟是怎麼一回事？」

這兩具電話是多麼懷念以前兩個女孩互通電話，天南地北聊天的日子，但是她們什麼忙也幫不上，只能默默地擔心。

這兩個彆扭的小女孩，卻把感情弄得愈來愈僵了，「你不要以為自己長得很漂亮，就可以這麼自私！」當菁兒脫口說出這句話時，一切都完了，這句話深深地傷害了亞雯，她們完全不再通電話了。

「喂，你那位可惡的小主人，怎麼可以這樣欺負人！」亞雯的電話不禁為自己的小主人打抱不平。

「可是你有沒有想過，亞雯這麼喜歡耍小性子，心裡想什麼，嘴巴都不說出來，有誰會喜歡這種個性呢？」菁兒的電話也不甘示弱。

「再怎麼說，出口傷人就是不對。」

「如果不是亞雯先愛理不理的，菁兒是不會說出這種話的。」

這兩具電話你一言、我一語的，各自為自己的主人辯護，兩具電話愈講愈大聲，講到都快打起來了，最後兩邊都很生氣，也冷戰了一、二天。

「唉，菁兒的電話實在很可惡，說她兩句就不理我了，連電話都不打一通。」亞雯的電話胡亂地在心裡罵了幾句，這一、二天實在是悶得慌，她按下#字，決定跟菁兒的電話和好。

「喂，三八婆，說你兩句就不理我啦！」

「別提了，這兩天悶死我了，我們姐妹倆一天不通話，就一天不舒服，誰也少不了誰！」

於是兩具電話又和好了，不過，她們的小主人可不像她們這樣容易和好，自從上次菁兒罵亞雯「自以為漂亮」以後，兩個人誰也不肯先道歉。

其實，這兩個小女孩心裡面可急呢！「她會不會生我的氣呢？」一想到自己的胡言亂語，菁兒就很擔心。「她會不會以後都不理我了？」一想到菁兒在學校裡跟芳芳愈來愈好，亞雯也很不是滋味。

有好多次，亞雯鼓起勇氣，想要打電話給菁兒，卻又覺得很沒面子，電話拿起了又放下。「打呀，你趕快打呀！」著急的電話在心裡面一直鼓勵亞雯，可惜她的聲音亞雯聽不到，只能在一旁乾著急，什麼忙也幫不上。

菁兒呢？她很後悔自己脫口說過的話，可是她實在不知道怎麼收拾場面，一想到可能會碰一個大釘子，菁兒就放下了拿起來的電話筒。「唉呀，你真是沒用，一通電話打過去不就沒事了嗎！」菁兒的電話忍不住在心裡面罵她的小主人，當然，她的小主人是聽不到的。

時間愈拖愈久，兩個人之間愈變愈怪了。在學校時，亞雯只要看到菁兒跟芳芳有說有笑，就會裝出一副很「酷」的樣子，而，菁兒只要看到亞雯這個模樣，就料定亞雯一定還在生氣，更不敢打電話給她了。

「怎麼辦呢？」兩具電話在半夜悄悄地討論解決的方法，她們看著又恢復「寂寞」的小主人，都覺得很難過。

「有了，既然她們都不打，我們幫她們打不就好了。」菁兒的電話想出了一個好辦法，只要她們同時按下電話上的#字，兩邊的電話就會同時響起，這樣一來，菁兒和亞雯就會接電話，只要她們同時拿起話筒，就會以為是對方先打來的，一切不就沒事了嗎？

「可是，她們又不一定會同時接電話，那事情還是沒有解決呀！」亞雯的電話提出了她的疑問。

「你放心好了，多打幾次，我相信她們兩個人總會有一起接到電話的時候！」

這兩具熱心、善良的電話，就開始試驗這個聰明的辦法了。

「鈴……」電話鈴聲響在安靜的空氣裡，沒有人知道這時兩具電話是非常緊張的，等到接起來時，電話聲卻已經斷了。

原來，用這種方法來讓電話響，只能連續響五下，這是菁兒和亞雯的電話事先不知道的。

「我們只好保佑她們在五聲之內馬上接電話囉！」

兩具電話又試了一次，「鈴……」怎麼又響了？菁兒在心裡罵了一聲，「死電話！這次一定要接到。」她快步地跑向前，

「喂！」「怎麼搞的，喂！喂！」菁兒破口大罵，原來是亞雯那頭的電話還沒有接起來，所以電話裡沒有人出聲。

「不行，一定要再接再勵。」兩具電話一點也不死心，她們又

試了一次。

「鈴……」今天到底是怎麼搞的，電話響個不停，菁兒和亞雯心中都有同樣的疑問，幾乎就在同一個時間，她們拿起了電話筒。

「喂」、「喂」這兩個熟悉的聲音幾乎同時發出，把菁兒和亞雯都嚇了一跳，「原來是你呀！」她們在心裡默默地說出了這一句話，但是誰也沒有把這句話講出來，就好像是，她們本來就料到是對方打來的電話一般，也就在講出「喂」的那一秒鐘，她們又恢復了那種熟悉的友情。兩具電話，也終於放下了一顆心，滿意地微笑了起來……

不(ㄅㄨˊ)動(ㄉㄨㄥˋ)的(˙ㄉㄜ)娃(ㄨㄚˊ)娃(˙ㄨㄚ)

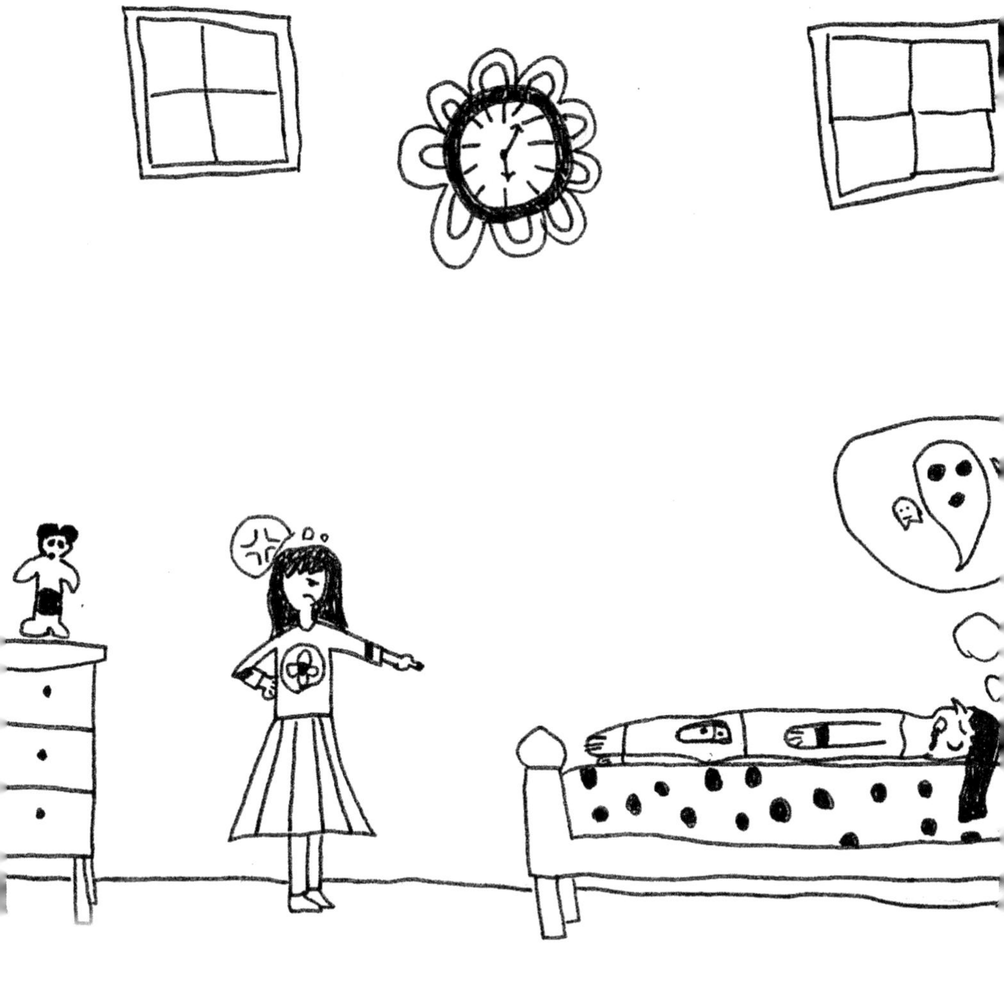

不動的娃娃

「一、二、三，不動！」阿呆與阿笨正玩著「不動」的遊戲，阿呆當鬼，面對牆壁摀著眼睛，每回數到「三」，喊「不動」的同時，就快速地回過頭來，阿笨就必須在阿呆回轉頭之前保持「靜止」的姿勢，如果身體有一點搖動或是往前跑時還沒站穩，就算是輸了。

可憐的阿呆當了一個下午的鬼，還是沒能逮到阿笨有一絲一毫的風吹草動，「可惡的阿笨，妳真是個不動的笨娃娃！」丟下這句話，阿呆就這麼生氣地走掉了。

阿笨可一點也不覺得自己「笨」，經過這一個下午，她已經摸索到「不動」的訣竅了，那就是要把自己的感情和感覺暫時「冷凍」起來，即使臉上的表情是一個微笑，也只能把它弄成「沒有生命、沒有感覺」的笑容，這樣才能不為所動。

「實在太好玩啦！」迷上這種遊戲的阿笨一路上還沉醉在「不動」的快樂裡。

回到家，她推開姐姐的房門，然後就面無表情地站在書桌前看著姐姐，身體一動也不動。

「幹麼？變態狂！」姐姐瞪了她一眼，自顧自地繼續做事情。

十分鐘過去了，姐姐洗完澡進來，發現阿笨還是維持一模一樣的表情、一模一樣的姿勢，「天哪！哪裡跑出這麼一個假人？」姐姐很驚訝阿笨還站在那裡。

「還不快回自己的房間！」姐姐丟下這句話以後就走了。

過了半個小時，「阿笨，趕快出來吃飯啦！」姐姐推開房門，發現阿笨正躺在床上僵直了身體，臉上還掛著一絲沒有表情的微笑，全身依然不動。

「這個女生一定是瘋了！」姐姐的聲音已經有一點神經質了，

她覺得，躺在她床上的，好像是一具木乃伊呢！

「這兩個小孩在搞什麼鬼？」媽媽看著桌上已經涼了的飯菜，生氣地拿了根「家鞭」走進房間。

空氣裡流動著不安。發生了什麼事呢？推開房門的瞬間，媽媽的左眼皮一直跳，她有點擔心。

「媽，你看，妹妹真的都不動了。」姐姐跪在床前，歇斯底里地搖晃著阿笨，可是阿笨就像是一具木頭人，已經失去了靈魂。

慌了手腳，又嚇壞了的這一對母女，已經失去了思考的能力，她們將阿笨的軀體送醫，卻連醫學儀器都檢查不出阿笨究竟發生了什麼事；當醫生們很抱歉地對她們搖頭時，她們只好求助於其他的民間秘法……

「魂兮歸來……」，大法師揮動著他的魔棒，一排小法師蹲在地上，燒著一疊又一疊的紙錢，爸媽和姐姐則圍在阿笨的軀體邊，很虔誠地叫著「阿笨」的名字，希望能夠把阿笨的魂給叫回來。

阿笨依然不動。不管他們用盡多少方法，流了多少的淚水，白了多少頭髮，阿笨仍然一動也不動地僵直著身體。

可憐的阿笨其實正在天上乾著急呢！其實她也搞不清楚發生了什麼事。當天，她躺在姐姐的床上時，一開始是故意不去思考、不去感覺；慢慢地，她竟進入一種迷濛混沌的狀態，她覺得自己的身體已經飄起來了，一寸、二寸，慢慢地，她感覺到自己的靈魂正浮在半空中，她著急地大喊：「救命啊！姐姐，爸爸。」

一切都太晚了，她成了天上的遊魂，只能焦急地看著人間的家人為自己擔憂，沒想到由於自己一時起了頑皮心，而替大家惹來這麼多的麻煩，她內疚極了，眼淚撲簌簌地往下掉，一點也沒有辦法控制……

「阿笨、阿笨！」聽到遙遠地方有人在呼喚她，阿笨慢慢地回過神來，睜開了雙眼，看到自己還躺在姐姐的床上，臉上猶有未乾的淚痕，姐姐看到她醒過來，不禁取笑道：「死阿笨，竟然在我的床上睡著了，剛剛還哭著呢！」

這時，媽媽也拿著「皮鞭」進來了，「還不快來吃飯，搞什麼鬼？」

阿笨翻身一躍，跳離了床，她多麼高興自己的身手依然矯健，一切都只是一場噩夢。她暗暗下了一個決定，從此不再玩「不動」的遊戲了。她一點也不喜歡做一個「沒有生命、沒有感覺」的人，她要好好地活著、動著，去愛她旁邊的親人與好友，帶給大家歡樂，希望大家永遠不要為她擔憂、流淚。

張大發
特ㄊㄜˋ價ㄐㄧㄚˋ品ㄆㄧㄣˇ

特價品

張大發喜滋滋地進門來，表情像是發生了什麼天大的喜事，升官啦？發財啦？都不是，當大發從皮包裡拿出五本筆記本的時候，大家都快昏倒了！「什麼嘛！只不過是買了幾本筆記本就這麼高興！」但張大發可不這麼認為，這筆記本可不同於一般的筆記本呢！張大發開始口沫橫飛地述說他怎麼買到這本筆記本的過程，「我走呀走的，突然有了靈感，覺得附近就有特價品，於是我眼睛一瞪、耳朵一豎、鼻子一聞，馬上就讓我找到目標啦！」張大發生平最得意的，就是自己具有搜尋特價品的特殊才能，「你們知道這些筆記本總共花了我多少錢嗎？」張大發每次買回特價品，就一定要旁邊的人猜一猜價格，只要別人猜貴了，他就更得意了。

他的太太眼光一瞄，很不屑地說：「一本十塊。」她瞧那筆記本一本沒幾頁，紙張又粗糙，一看就是便宜貨，根本就不算什麼「珍寶」，要是她在路上看到了，連買都懶得買呢！

「哈！哈！你猜貴了！」張大發簡直就是眉飛色舞，一再地欣賞他的五本筆記本，「這一本只花了我九塊錢，怎麼樣，夠便宜了吧！」

便宜！就因為這兩個字，家中堆滿了無用的東西，肥皂禮盒、廉價衣服、不新鮮的食物、二手貨的傢俱……等等，簡直快成了「廉價品之家」了。可是張大發自有他的想法，「這不是廉價品，而是特價品！」大家覺得他是買到了品質很差的東西，他卻仍樂此不疲。

「你看，這豆芽菜早就發霉了，根本就不能吃了！」張太太氣極敗壞地衝進客廳，暫時打破了仍沉浸在筆記本美夢的張大發，「叫你不要買特價品，你卻偏偏就要！」張太太真的受夠了張大發這種貪小便宜的壞習慣，可是張大發仍然悠哉游哉地說道：「那有什麼好生氣的？把它丟掉不就成了。」

說來奇怪，張大發買特價品的動機不是在於「有用」，而是因為「便宜」，買回了特價品，他就會覺得自己好像比別人多賺到了什麼，至於買回家之後有沒有用，他就不是那麼在乎了！

「特價品張大發」，這個綽號於是不脛而走了，從他活著到他死後，都一樣有這個稱呼。他在陽界活了七十歲，現在壽終正寢，來到了陰界以後，還是忘不掉他的「特價品」。他真是沒想到，原來陰界的特價品，一點也不輸給陽界，這又開始令他蠢蠢欲動了，他馬上就在陰界大展身手，買回了一堆根本就用不到的特價品。

「糟糕！沒有錢了！」想必他在陽間的家人並不知道陰間還有特價品可買，所以並沒有燒太多的紙錢給他，現在的張大發，只能望著特價品興歎了。張大發天天都在期待家人給他燒紙錢，他每天一早起床，即到商店巡邏，「唉呀！又被買走了，可惜呀！」他眼看著原本應該是屬於自己的特價品被別人買走了，簡直就像心中被割傷一樣，難過極了。

天可憐見！他天天巴望著的紙錢終於來了，他看著紙錢飛呀飛的，眼看著就快要飛過來了，卻在半途中停住了，「過來呀！過來呀！」張大發真的要急死了，這些紙錢到底是怎麼回事呢？居然就在半途中停住了，活活地毀了他買特價品的好夢。但他又怎麼想得到，他的家人為了紀念他，特意買了十分廉價的紙錢來燒給他，又怎麼知道，廉價品紙錢就只能燒到半途中呢？

泡ㄆㄠˋ 沫ㄇㄛˋ

礦ㄎㄨㄤˋ 泉ㄑㄩㄢˊ 水ㄕㄨㄟˇ

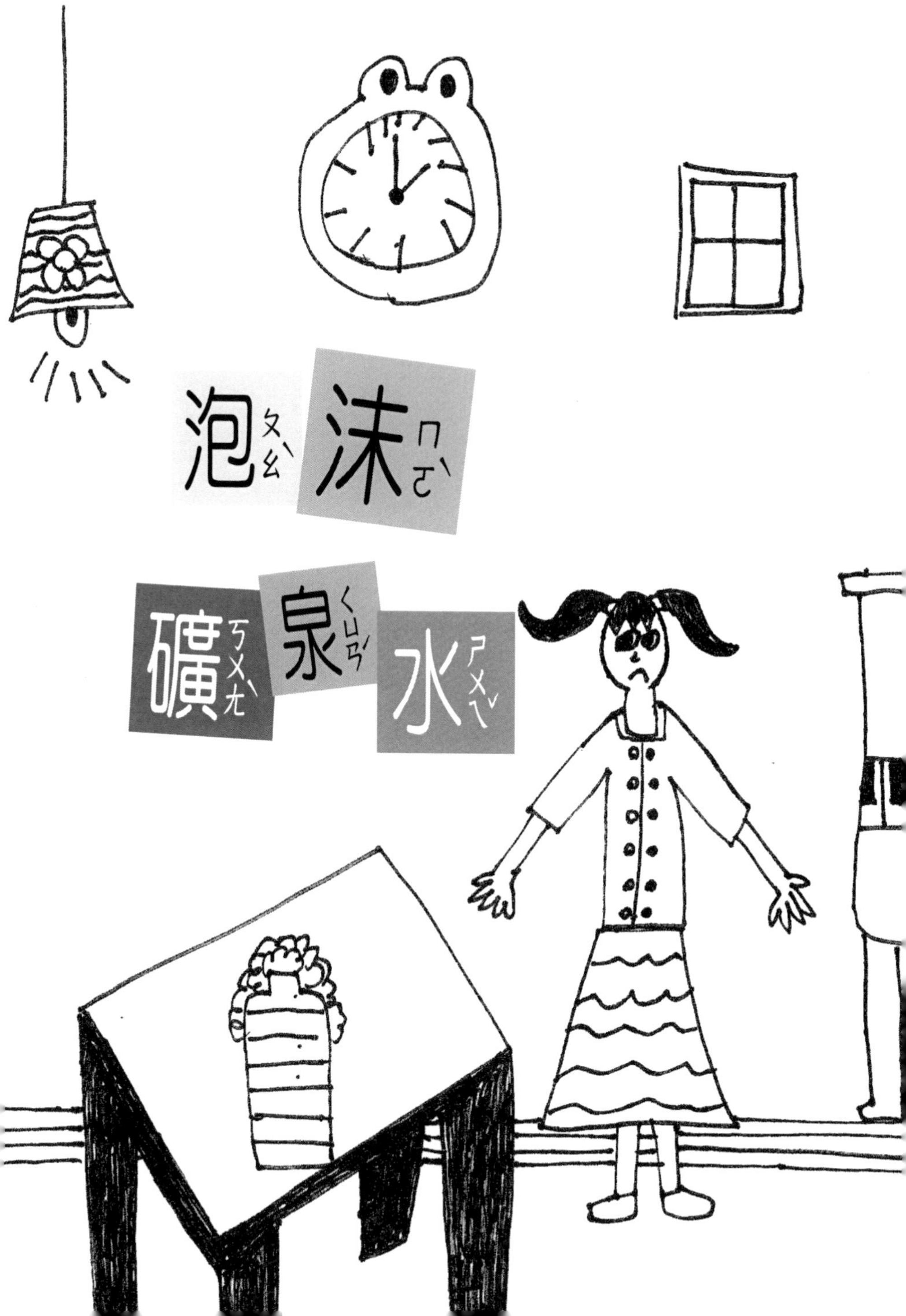

泡沫礦泉水

妞妞上小學以後，脾氣愈來愈差，動不動就怒火中燒。例如，今天早上，媽媽在廚房裡煎蛋，不小心打破了一個碗，「鏗！」一碗從媽媽手中滑到了光潔的地板上，摔出了兩、三塊的小碎片，也把正在做香甜好夢的妞妞給吵醒了。

被吵醒的妞妞火氣一下子就衝上來，用腳狠狠地捶了一下床鋪，氣呼呼想要翻身再睡，卻怎麼樣也睡不著了。妞妞本來就沒有睡飽，再加上突然被驚醒，頭腦昏昏沉沉的，心情非常惱怒，不知不覺就膨脹成一大袋的怒氣，恨恨地想道：「媽媽怎麼這麼不小心，一大早就摔破碗。」但妞妞忘了，媽媽可是犧牲自己的睡眠來幫她做早餐呢！

妞妞的頭上籠罩著一團「怒氣雲層」，使得她的臉色看起來很陰沉，像是快要下雨了呢！她板著臉，不發一言地吃了早餐，臉色臭得可以招來蒼蠅了。媽媽雖然不喜歡妞妞亂擺臉色，卻很體諒她沒有睡飽，所以也不忍心苛責。

大家都對妞妞很容忍，可是妞妞的壞脾氣卻一點也沒有改善，還越來越嚴重，除了對惹惱她的人發脾氣以外，也開始對「沒有生命」的東西發脾氣。有時摔門啦，有時摔枕頭啦。其實，妞妞也對自己的壞脾氣苦惱極了，每次發完脾氣之後，她立刻就覺得很後悔，恨自己為什麼脾氣這麼差，於是就悶悶不樂，把自己的心情搞得更糟。

怎麼辦才好呢？這種又發脾氣、又生悶氣的日子實在不好受，妞妞自己偷偷地（這種事問別人？妞妞會覺得自己很遜的！）想出了幾種辦法，想好好治一治自己的壞脾氣：

1.彈鋼琴

2. 寫毛筆
3. 悶頭睡大覺

她把這些方法偷偷地寫在日記簿上。

星期六中午，妞妞從學校坐公車回家，在大太陽底下等了二十幾分鐘，等到自己心浮氣燥，公車還是連個鬼影子都沒有，妞妞於是賭氣走路回家，才走不到一百公尺，一輛公車「咻！」地一聲，竟然就是「0東」，把妞妞給氣死了！回家以後，鋼琴就遭殃啦！翻開琴譜，「洋娃娃之夢」一開始，妞妞還努力將自己平靜下來，但，一把無名火還是不知不覺就冒上來了，妞妞越彈越快、越彈越亂，最後，「砰」地一聲，可憐的琴蓋就上下相撞、眼冒金星了，洋娃娃也成了碎娃娃。

可想而知，寫毛筆的下場也一樣。

妞妞大概是定性不夠，彈鋼琴和寫毛筆這類「有氣質」的方法是不適合她的，那麼，悶頭睡大覺總可以了吧？

在憤怒中睡著了，感覺還算不錯。

竟然做了個惡夢，睡醒以後，心情更差……

沮喪的妞妞在惡夢之後醒來，口乾舌燥地，於是拿起桌上的礦泉水往嘴裡灌，心裡的無名火竟然化成氣泡，咕嚕咕嚕地跑到礦泉水裡面，變成泡沫礦泉水了。

說也奇怪，看著自己製造的泡沫礦泉水，妞妞的心情就莫名奇妙地好了起來。從此以後，妞妞就隨身攜帶一瓶礦泉水，鋼琴和毛筆便逃過一劫了。

自從有了泡沫礦泉水，旁邊的人都可以明顯地感到妞妞的脾氣變好了許多，只是大家都不知道這其中的「玄機」，還以為是寫毛筆和彈鋼琴使她的修養變好了，媽媽還特地買了禮物送給二位老師呢！

有一天，奇妙的事情發生了……

「咦！泡沫怎麼變成紅色的？」妞妞偶然轉身一看，奇妙的事情出現了，雖然瓶子裡的礦泉水還是無色的，但是泡泡已經變紅了，這可把妞妞給嚇了一跳。

最神奇的是，泡沫的顏色接二連三地發生變化，有時候是黃色，有時候是綠色，接下來，藍色、靛色、紫色，一一都出現了。妞妞的礦泉水真像一個魔術箱，會變出好幾種顏色，只是妞妞還不懂，為什麼每次顏色都不一樣呢？不過她至少可以確定一件事，只要是生氣時吐出來的顏色一定都是紅色的，所以紅色應該是代表「憤怒」吧！聰明的妞妞心裡想著：「會不會所有的顏色都代表一種不同的情緒呢？」她決定要好好地留意。

原來事情是這樣的：天上的七色彩虹各自代表著一種不同的個性，紅色是「憤怒」；黃色是「快樂」；綠色是「用功」；藍色是「心平氣和」；靛色是「說謊」；紫色是「憂鬱」；這六個顏色都歸「橙色」所管，因為橙色是他們當中，唯一能夠「體諒別人」的。

這六個愛搗蛋的顏色，有一次發現了妞妞的泡沫礦泉水，就起了個調皮之心，每當妞妞又發脾氣、生悶氣時，紅得像一把火焰的「紅色」，就迅速由天上跳到泡沫礦泉水裡；如果妞妞心情很愉快，明亮的「黃色」就會出現在她的礦泉水中；有時候妞妞很用心地在讀書，就會看到「綠色」的泡沫；如果妞妞欺騙同學或跟媽媽撒謊，「靛色」就會往瓶子裡一跳；妞妞也有憂鬱的時候，這時候，瓶子裡就會出現最能配合她心情的「紫色」；而當像天空一樣晴朗的「藍色」出現在瓶子時，那就是妞妞心平氣和的時候了。

聰明的妞妞在自己的觀察、記錄下，慢慢地發現了這六種顏色所代表的意義，每當出現黃、綠、藍色時，妞妞的心情就會變得更好，像是得到了無聲的讚美；而當紅、靛、紫色出現時，妞妞就會覺得很不安，開始努力克服自己的壞習慣和壞情緒，所以，礦泉水就越來越少出現這三種顏色了。

壞脾氣的妞妞現在已經逐漸變成了一個乖巧的小孩了。有一天，她望著雨後的彩虹，一、二、三、四、五、六、七，她看著溫暖的橙色，心裡想：「為什麼在我的礦泉水裡面，從來都沒有出現過橙色呢？」

那天晚上，妞妞帶著這個疑惑入眠，夢裡出現了一位身穿橙色衣服的仙子，她用一種聽起來很舒服的語調和微笑告訴妞妞：「如果你能打從心底去關懷別人、體諒別人，你的礦泉水就會出現橙色的泡沫礦泉水了。」

睡醒以後的妞妞，才明白自己要改進的地方仍然很多，從前總是別人在體諒她，現在，她要慢慢地學習著，用自己的「心」來對待周遭的人，用「善意」來回應這個世界。

我們相信，當每個小朋友的泡沫礦泉水都常常出現「橙色」的時候，這個世界就會更溫馨、更祥和了。

變ㄅㄧㄢˋ！變ㄅㄧㄢˋ！

變ㄅㄧㄢˋ裝ㄓㄨㄤ遊ㄧㄡˊ戲ㄒㄧˋ

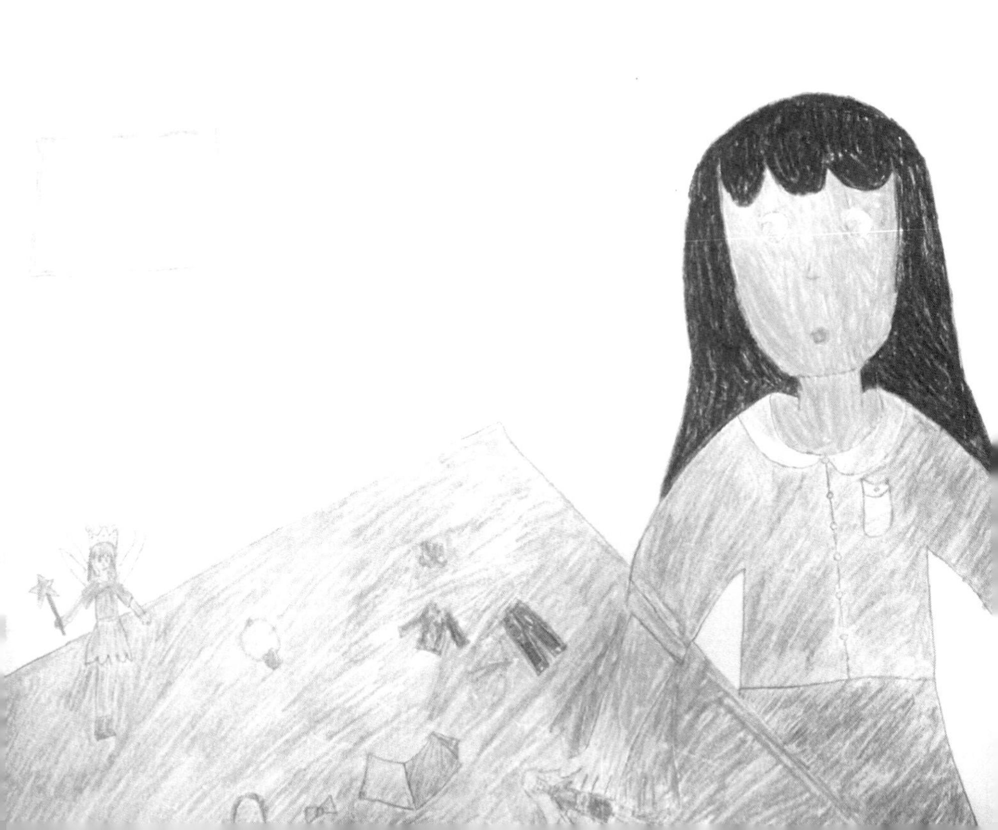

變！變！變裝遊戲

雯莉是個好學生，功課不錯，多才多藝，人緣好，她在學校總是代表班上參加演講比賽，並時常得到第一名的獎項，她沒有兄弟姐妹，但爸爸媽媽很關心她，雯莉是家中唯一的掌上明珠呢！

可是雯莉並不覺得自己幸福，她在內心深處是很自卑的，只因為，家裡太窮了，她連一件像樣的衣服都沒有。

看著同學們身上漂漂亮亮的衣服，再看看自己身上洗得舊舊又縫縫補補的衣服，雯莉想著，「總有一天，我要變成有錢人，買好多好多的衣服放在衣櫥裡，每天都把自己打扮得漂漂亮亮的。」

雯莉的媽媽在菜市場附近賣麵，全家住在小小破破租來的房子之中，愛漂亮的雯莉連身上穿的制服都是表姐或鄰居穿不下才給她的，可想而知，雯莉也從來沒什麼穿新衣服的記憶了。她時常趁爸媽不在的時候，在爸媽房間中偷偷地照著鏡子，還穿上母親的衣服，擺著模特兒的步伐，稍微滿足自己愛美的小女孩心理。

雖然離長大和有錢還很遙遠，擁有很多很多漂亮的衣服是雯莉每天都不會忘記的夢想，她在紙上自己設計著衣服，還為它們著上顏色，「如果這些衣服都是真的就好了！」雯莉看著自己僅有的幾件換洗服，難過地想著。

雯莉在紙上自己設計的衣服，當然不會變成真的，不過她卻得到了一份意外的禮物——一本從夏威夷帶回來的「洋娃娃換裝遊戲簿」。

這本「洋娃娃換裝遊戲簿」，每一頁都是一件件漂亮的衣服，有平常穿的家居服、有運動服、有休閒服、有晚禮服、有套裝、有睡衣等等。除了衣服，另外還有很多搭配衣服的配件，如：帽子、披肩、高跟鞋、馬靴、雨傘、皮包等。每一頁都美不勝收，翻著翻著，就好像在逛百貨公司的櫥窗一樣。

這本「洋娃娃換裝遊戲簿」可不只是欣賞用的而已，還能夠變成一種遊戲。

原來，它有一個可以拆下來的金髮美女娃娃，同時，每一件衣服和配件也都可以從書中拆下來，穿在模特兒的身上，如此一來，這位金髮美女娃娃，就有六十件衣服可以輪流穿了。

這是多麼令人快樂的事呀！一個人有六十件衣服和那麼多不同樣式的皮包、帽子、鞋子等等。愛怎麼穿就怎麼穿，愛怎麼搭配就怎麼搭配，這不是雯莉從小的夢想嗎？

她幫這個金髮美女娃娃取了個名字叫「小雯」——聽起來真像是雯莉的妹妹，每天都忙著幫她打扮，並配合衣服來編一些故事，像是：今天是小雯第一天上班，所以要穿上整齊有精神的套裝；晚上小雯要參加雞尾酒會，所以要換成晚禮服，戴上亮晶晶的披肩等等。

為紙做的洋娃娃取名並編故事，是雯莉的小秘密，時間久了，她竟羨慕起「小雯」來，「真希望自己能變成小雯，就有這麼多的衣服可以穿了！」

當她躺在床上這麼想的時候，半空中突然出現一位仙子，嚇得雯莉趕緊從床上坐了起來，「不要怕，我是仙子杜拉，是來幫助你的！」

雯莉揉了揉眼睛，這是真的！一個大約二十公分高的親切小仙子，就站在她面前的光環裡，對她笑著。

「雯莉，我知道你很喜歡漂亮的衣服，對不對？」

雯莉不好意思地點點頭。

「我是天上掌管衣服的仙子，能夠讓小雯的紙衣服，變成你身上穿的真衣服，這樣你就可以穿上它們出門了！」

真的嗎？我能夠穿上這些美麗的衣服？雯莉幾乎要尖叫起來了！

「不過，一次只能穿兩個小時，兩個小時後，它們又會變成原來的紙衣服。」

「那有什麼關係，就算只有十分鐘，我也想要穿著它們到處走走！」雯莉脫口而出，她深怕這個好運一個不留神就飛走了。

杜拉笑了起來，她又說：「還有一個最重要的，就是你必需要變成小雯，才能穿上這些衣服，當然，等兩個小時過去以後，一切都會恢復成原來的樣子，你也會變成你自己了。而且要記得，千萬不能告訴任何人這個秘密。」

變成小雯？雯莉腦筋一時還真有點轉不過來。

「怎麼樣？想一想吧！從你自己變成金髮的外國人，就可以實現穿漂亮衣服的夢想了！你考慮幾天看看！」杜拉微笑著要轉身離去。

「等一等！仙子！我要變！我要變成小雯！」雯莉看著要離去的杜拉，幾乎要伸手去拉她了，這夢中才會出現的好運，居然只要變成一個外國人就可以實現了，怎麼可能不答應呢？

就這樣，一個黑髮的東方小學生，變成了一個金髮的西方美女，漂漂亮亮地出門了。

雯莉，不，是小雯，看著鏡子裡的自己，大口大口地吸著氣，她情不自禁地喊著：「天哪！我變得好漂亮！」沒想到話說出口，居然是一串她自己都聽不懂的英文，令她顫抖了一下！是啊，我已經變成外國人了！

雯莉想到這個，便趕緊自衣服中挑了一套她平常最喜歡的晚禮服，紫色亮面的低肩小禮服，再配上一款金色的高跟鞋！多像外國電影中的電影明星呀！

她興奮地立刻出發到母親的麵店中去，這漂亮的一刻，她要讓母親看見！

一路上好多人看著她，她更加抬頭挺胸地走著。

麵店生意不太好，她看到在熱氣騰騰的爐灶前為客人煮著麵的母親，真想跳到她面前說些撒嬌的話，如：「媽！你看！我變得漂不漂亮？」只可惜她這個國語演講比賽的常勝軍，現在連一句國語都不會講了。

雯莉有點不習慣自己變成不會說國語的啞巴，而母親一看到店中有外國人走進來，驚慌失措得也變成了不會招呼客人的啞巴，「請坐，看看要點些什麼？麵還是米粉？要不要切點小菜？」她結結巴巴地講著。

雯莉用手比了比麵，又指了一些小菜，然後就坐下來。

麵剛端上來的時候，雯莉的心幾乎要跳出來了，新進來的客人竟然是她在學校中暗戀的阿德！而且阿德一屁股就在她對面的那張桌子入座！

「阿德，我是雯莉，我是雯莉呢！」雯莉真想對他大喊，讓他看看自己這一身漂亮的樣子，可惜她不能！她現在是外國人小雯了！

阿德偷偷地看著這個難得一見的外國人，令小雯的臉都紅了，小雯手足無措地拿著筷子，一緊張，她就更不會拿東方人用的筷子了。

這麼美好的一刻，穿著漂亮晚禮服與暗戀的白馬王子一同在店裡隔桌吃著麵，多麼像是一場夢！

小雯一個不小心，手中夾著的魯蛋，就這樣掉了下來，並且從胸部滑進了太大件的低胸禮服中！小雯幾乎是逃離了麵店的，她感覺得到背後阿德強忍住不要笑出來的眼光……

這就是雯莉第一次的換裝遊戲，晚上媽媽還把這個笑話告訴全家人，令雯莉鬱悶極了，她把這件已沾有污點的紙晚禮服收在抽屜裡，暫時不想看見它了，明天，阿德到學校不知道會不會告訴別人這個丟臉的笑話。

難道我的新衣服不能為我贏得讚美嗎？雯莉不相信，她第二次變成小雯，不過這一次她可不敢再穿上惹人注目又害她鬧盡笑話的晚禮服了，這回，她想展現外國人均勻健康的體態，所以她穿上了一套運動服，出發到公園去了。

遠遠看見小玉、雅如、惠卿三個她在學校的好朋友正在公園盪秋千，她很高興地跑過去，想好好地讓她們欣賞自己這身穿著，可是她沒想到三個好朋友根本就不知道她就是雯莉，怎麼敢和一個陌生的外國人一起玩耍呢？

「你們在這裡玩哦，討厭，怎麼沒有找我一起來玩？」話說出口，三個小女孩卻被嚇到，小玉馬上從秋千跳下來，拔腿就跑。

「小玉，我是雯莉，怎麼不理我了呢？」小雯著急地對著小玉大喊。

這時候，雅如和惠卿也趁機溜走，雅如因為太著急而跌倒在地上，小雯伸手扶她，惠卿卻跑回來把小雯的手推開，一溜煙拉著雅如跑遠了。

人緣好的雯莉從來沒有嚐過被同學拒絕一起玩的經驗，這回她可挫折極了。

「昨天好可怕，我們在公園玩的時候，有一個外國人一直想跟我們一起玩，講了好多的英文，嚇死人了！」

隔天一大早，小玉、雅如、惠卿三個人在教室對著大家口沫橫飛地說著昨天發生的事，雯莉趕快湊過來聽。

「那外國人長什麼樣子，穿什麼衣服，為什麼你們不跟她一起玩呢？」雯莉想從三人口中，聽到「那外國人真漂亮」、「她的衣服好好看」的話來，便故意這樣問。

「誰會記得那外國人長什麼樣子，老師說不能隨便跟陌生人講話，所以我們立刻就跑了！」

「那她穿什麼衣服呢？好不好看呢？」雯莉有點失望，不過還是不放棄地追問。

「不就是外國人穿的衣服嘛！什麼好不好看的？」惠卿不耐煩地說。

大家七嘴八舌地聊了起來，雯莉悶悶不樂地走開了，沒有人注意到她曾經有一套新的運動服，只注意到「不要隨便和陌生人講話。」

既然穿著新衣服變成小雯出門，只是讓雯莉鬧盡笑話，受到誤會，那何必出門呢？雯莉看著這六十件新衣服，想著，今天是我的生日，我變成小雯，在家裡面穿著漂亮的睡衣自己過過癮，總該可以了吧？

於是她挑了一件小雯的美麗長睡衣，在鏡子前面梳著頭，一邊欣賞著自己。

「雯莉，雯莉。」媽媽的聲音突然在大門口響起，雯莉嚇了一大跳，馬上跳起來把房門口鎖上。

「媽媽怎麼會這時候回來呢？」雯莉趕緊鑽到被窩，假裝午睡，仙子杜拉交待過的，這換裝遊戲不能告訴任何人，她可不能讓媽媽發現家裡躺著一個外國人。

「雯莉在睡午覺。」媽媽在門外自言自語，「幫她買了一個大蛋糕，還買了一件新的洋裝，睡醒以後再讓她穿。」

我有新衣服了？雯莉在床上差點高興地跳起來！

「雯莉應該會喜歡這件洋裝吧！真想讓她立刻穿穿看！」媽媽還在門外說著，然後腳步聲便漸漸地走遠了。

「我喜歡！我當然喜歡！」雯莉在床上高興地想著，只要是屬於我自己的衣服，我都喜歡，只要是能夠讓大家認得「我是雯莉」、「不是小雯」的新衣服，我都喜歡！

兩個小時快點過去呀！小雯在房間裡焦急又小聲地踱著步，一邊數著時間，看著鏡子裡的外國人，她真想立刻變回雯莉，抱住媽媽，也抱住那件真正屬於她的新衣服。

她只想做回她自己，會用國語跟母親撒嬌，同學們喜歡跟她一起玩的那位雯莉。

三胞胎鬧鐘

三胞胎鬧鐘

美美和麗麗是一對國小五年級的雙胞胎，不過麗麗卻嫉妒這個姐姐，因為雖然兩個人是雙胞胎，她卻總覺得老天爺對姐姐凡事都比較好一點，不但讓美美早生了十分鐘，現在又比麗麗高了一公分，瘦了一公斤，在學校當班長，考試總是考第一名，個性溫和脾氣好，大家都很喜歡她。而麗麗呢，卻總是比美美差了一點點，考試是第二名，只能當上副班長，姐姐受到的誇獎總是比她多。

麗麗脾氣不好，做事沒有耐心，尤其是每天早上睡醒的時候，脾氣總是特別差，一睜開眼就喜歡發脾氣，媽媽說這叫做「下床氣」——一下床就有氣的意思。

當然，麗麗的下床氣，最先倒楣的是她的鬧鐘，每當鬧鐘響的時候，她的火氣就大了起來，啪地一聲，大力地按掉叫得正起勁的鬧鐘，有時候，甚至還用摔的，把吵醒她的鬧鐘，一下子就摔到牆角，她的鬧鐘，就這麼被她折騰壞了好幾個。

姐姐美美脾氣好，鬧鐘響的時候，就乖乖地起床，就算偶爾賴床，也不會遷怒鬧鐘沒把它叫醒，因此她從來不曾找過鬧鐘的麻煩。

兩個人對待鬧鐘的方式，一個溫柔，一個粗暴，可想而知，美美的鬧鐘總是可以用很久都不會壞，而麗麗一天到晚都在買新的鬧鐘，因為她的鬧鐘總是被她折磨得很慘。

可是麗麗覺得是美美的運氣好，不但什麼都比她好，連買到的鬧鐘都比她耐用，準時，而且音量恰到好處，總是十分盡責地把姐姐叫醒。而她買到的鬧鐘，總是容易故障，但她沒反省到，是她喜歡亂摔，才把鬧鐘摔得渾身毛病的。

「好吧，既然你喜歡怪東怪西的，就讓你們買兩個一模一樣的鬧鐘，看看你還有什麼話說。」媽媽看麗麗這樣想，便把她們帶到附近的鐘錶店去買鬧鐘。

「麗麗你看，這兩個鬧鐘長得一模一樣，是對雙胞胎呢！就像你跟美美一樣。我看你們各買一個，把這兩個雙胞胎鬧鐘帶回家好不好？」媽媽拿起兩個一模一樣的鬧鐘說。

除了這兩個鬧鐘，其他的鬧鐘都鬆了一口氣，原來麗麗的壞脾氣已經遠近馳名，壞名聲傳到這家鐘錶店來了，「只要是麗麗看上的鬧鐘，一定都不長命！」大家這樣口耳相傳著，被麗麗買回家而摧殘的鬧鐘，有的會得了「腸胃炎」——一到該叫的時候，就緊張地拉肚子，所以叫聲會變得很虛弱而且斷斷續續；有的會死於「心臟衰竭」——被麗麗摔到腦死而無法呼吸，當然再也不會走不會叫了；運氣比較好的，只有外表會稍微受傷，淤血或是擦破皮，不會影響鬧鐘的功能，可是麗麗一概不管，凡是過舊、身上有刮痕或功能損害的鬧鐘，一律被她嫌棄，非要換一個新的才高興，所以她一天到晚買鬧鐘，又一天到晚怪鬧鐘。

這一對雙胞胎鬧鐘變得很緊張，它們希望自己被愛惜物品的美美選中，不要被麗麗選中，因為這代表接下來是兇多吉少了。兩個鬧鐘交換著擔憂的眼神，當麗麗一個搶先，拿起其中一個的時候，麗麗的鬧鐘心碎了！眼淚幾乎要奪眶而出。美美的鬧鐘鬆了一口氣，不過同時也為運氣不好的妹妹難過著，用一種安慰的眼神看著妹妹。

「兩個人都買一模一樣的鬧鐘，看你還怪不怪鬧鐘不好！」媽媽心底這樣想著，一邊對麗麗說：「你們二個人這次買的鬧鐘是完全一樣的，二個人都要好好地愛惜鬧鐘喲！」

媽媽錯了！雖然是一模一樣的鬧鐘，不同的人使用它，就會有不同的命運。

麗麗的「下床氣」一點都沒變！她還是一天到晚找鬧鐘的麻煩，「可惡！都還沒睡飽為什麼把我吵醒！」她可忘了時間是自己調的，鬧鐘只是在盡它的責任而已。「可惡！為什麼沒把我叫醒！害我睡過頭！」誰叫麗麗自己昨晚玩得太晚，比平常晚了兩個小時才睡，隔天當然叫不醒啦！

撞一下、摔一下，麗麗的鬧鐘很快地又出現問題，有時會響有時不會響，沒辦法再陪她了！

「什麼雙胞胎鬧鐘！姐姐的那個鬧鐘明明就比較好，我這個爛死了，一下子就壞了！」麗麗跟媽媽抱怨著。

「這兩個鬧鐘明明就一模一樣，又是同一天買回來的，是你自己喜歡亂摔，才會把鬧鐘摔壞的，為什麼美美的鬧鐘就都用不壞呢？」媽媽不高興地對麗麗說。

什麼嘛！又是姐姐好，媽媽跟大家一樣，都對姐姐特別地偏心，不但讓姐姐比她提早出生十分鐘，又把姐姐生得比較高比較苗條，功課又比較好，氣死我了！誰說雙胞胎就一定一模一樣？

「鬧鐘的媽媽太偏心了，把姐姐的那個鬧鐘生得比較好，把我的生得比較爛，所以我的當然容易壞了！」麗麗不滿地對媽媽頂嘴，幾句話讓媽媽又好笑又好氣。

原來麗麗是在怪我偏心！好，我就想個辦法讓麗麗知道事情不是這樣的。

「麗麗呀！我看讓你跟姐姐把鬧鐘對調好了，也許真的跟你說的一樣，是姐姐那個鬧鐘比較好，你的比較不好，換過來的話，你就可以用到比較好的那個鬧鐘了！」媽媽說著，就把兩個鬧鐘對調了。

「原來媽媽比較喜歡我！我錯怪媽媽了！」麗麗心底流過一陣暖意，她突然覺得媽媽不再偏心了，雖然拿到比較好的鬧鐘，心底對姐姐有點過意不去，但是自己被這樣的特別待遇所感動著，就高興地用起了姐姐的鬧鐘。

「對調也好，反正我醒過來之後，可以再去姐姐房間看她醒過來了沒有！」麗麗幸福地想著。

睡前看著這個姐姐的鬧鐘，想到媽媽對自己的疼愛，這一夜，麗麗睡得隔外香甜，隔天一大早，破例地沒有起床氣。

自從換成姐姐的鬧鐘以後，麗麗的脾氣變好了，她感到媽媽是很愛她的，並沒有對姐姐特別偏心，她漸漸不再嫉妒姐姐，而開始向姐姐學習一些優點，很快地，她吃東西不再挑三撿四，會主動幫助同學，每天復習功課，不久之後，她也變成了第一名和班長，同時長得和姐姐一般高了。

「這個姐姐的鬧鐘設計得真好！每天都會準時地把我叫醒！」麗麗很高興地摸著鬧鐘，她已經很久沒有找鬧鐘麻煩了！

她並沒有忘記，其實這個鬧鐘是姐姐的鬧鐘，當初是因為媽媽偏心，把它們對調，所以她才能使用這個比較好的鬧鐘，這樣，對姐姐是不是不公平呢？雖然對調鬧鐘以後的半年來，姐姐仍然每天按時起床，從來都沒有抱怨過自己的鬧鐘不好，但麗麗還是覺得有點對不起姐姐。

她把自己的想法告訴媽媽，還問媽媽說要不要把鬧鐘調換回來，媽媽笑著摸摸她的頭，一邊走到櫃子旁拿出一個鬧鐘，對麗麗說：「其實我根本就沒有把兩個鬧鐘對調，而是到鐘錶行去重新買了一個一模一樣的，它們可是三胞胎呢！所以說，不但三胞胎鬧鐘的媽媽沒有偏心，我也沒有偏心，只是因為你現在脾氣變好了，學會愛護東西了，也不會再隨隨便便把責任推到別人的身上了，所以你的鬧鐘就不再被你當成出氣筒亂摔，當然也就不會一下子就壞掉了！」媽媽笑著說。

啊，原來是這樣的！麗麗恍然大悟，也對自己以前的行為感到很不好意思，臉紅了起來。

「你的心裡還會惦記著姐姐用的是比較不好的鬧鐘，可見麗麗很善良喲！」媽媽稱讚著她，麗麗想到以前老是怪媽媽對姐姐比較偏心，更加地不好意思了。

「以後還會怪媽媽偏心嗎？」媽媽好像看穿了麗麗的心事，麗麗撒嬌地拉著媽媽的手，拚命地搖著頭。「不但不會怪媽媽，也不會再隨便怪別人了！」麗麗在心中小聲地說著。

縮小弟救大哥哥

縮小弟救大哥哥

「我討厭哥哥！」，這句話小維不知道在心裡說了多少次，只因為哥哥小勇會趁四下無人的時候欺負他，而且不准小維玩他的玩具。因此，小維只敢趁小勇看不到的時候偷玩玩具。

其實，這哪裡是哥哥的玩具呢？媽媽早就說過了，哥哥的玩具就是小維的玩具，兄弟倆不必分得那麼清楚，家裡也可以節省一筆開銷。

就因為這樣，小維總是只能穿小勇穿過的衣服，看他看過的書，玩他玩過的玩具。可是霸道的哥哥小勇，還是繼續討厭著弟弟，因為小維一出生，爸爸媽媽甚至奶奶，就不再像以前那麼愛他了，什麼事都是小維東、小維西的，把他冷落在一旁，還時常叫他要好好照顧弟弟。哼！門都沒有！為什麼弟弟那麼得寵？為什麼弟弟可以和爸爸媽媽睡在一起？為什麼親戚們一來就說：「啊，小維長這麼高了！跟哥哥像不像？啊哈！小維比較白，哥哥比較黑！」小勇氣死了，真討厭大家都把注意力轉移到這個「比較白」的弟弟身上。

哥哥小勇有好多好多的玩具喲，尤其是小汽車，一共有五、六十輛呢！這些都是小維出生前自己所得到的寶物，現在全部都堆在客廳的地上。

小維多麼喜歡玩這些車車，可是哥哥小勇不讓他玩，只要他發現小維在玩他的汽車，他就會偷偷打他、瞪他、罵他。跟父母告狀？不行，小維試過了，那可會死得更難看！

「我討厭哥哥！」正當小維口中罵著小勇，一邊摸著小汽車的時候，他感到自己的身上起了變化！整個人似乎是變輕了，又似乎是變小了，又好像是飛起來了。當小維發現自己已經坐在小汽車的駕駛座上時，他才明白，原來自己是變小了，小到可以縮進小汽車的駕駛座上，開著汽車到處跑。

這是怎麼一回事呀？小維幾乎要嚇壞了！怎麼我會變成小矮人，縮進小汽車之中呢？等到小維試著開車到處玩耍以後，他就不再害怕了。原來開車是這麼的好玩，他感到自己天生具有開車的天份，前進、倒退、左轉、右轉、快開、慢行，一切都是那麼地得心應手，好像他天生就是個開車選手一樣。

最滿意的是，縮小了以後，就可以盡情地玩哥哥的每一輛車了。

從火車駕駛員變成飛機駕駛員，從大卡車司機變成公共汽車司機，從機車騎士變成救護車司機，都只是幾秒鐘之內的事呢！唯一的秘訣便是這句通關秘語：「我討厭哥哥！」

這是小維和這五、六十輛模型玩具的小秘密。他再也不怕被哥哥罵了，他有時橫衝直撞，有時練習九拐十八彎，漸漸地，每一輛車他都試過了，享受著車子性能不同所帶來的快感，也享受著偷偷玩小勇玩具的樂趣。「這種玩法小勇可享受不到呢！」

這天下午，他又趁小勇不在客廳，偷偷地玩起這種遊戲來了。今天先玩救護車吧！小維最喜歡玩假扮救人的遊戲，想像著自己把危急的病人用最快的速度救到醫院的樣子，真是太神勇了！

於是小維又說出通關秘語：「我討厭哥哥！」，然後便順利鑽進了救護車。

「哦咿！哦咿！」小維小小聲地哼著救護車的聲音，一邊將車子開往門口，太好了，大門今天沒有關，可能是小勇出去玩時，忘了關門吧。就這樣，小維第一次將救護車開往家外面的世界，到處遛躂去了。

藍天白雲，在陽光下開車的感覺是多麼好呀！小維幾乎要唱起歌來了！他開呀開的，開到大水溝旁邊，卻發現水溝裡有個人影倒在裡頭，一看！那不是哥哥小勇嗎？他怎麼會掉進水溝裡去了？

「哥哥！哥哥！」哥哥怎麼會回答呢？這時候小勇正在與生命拔河，都快沒辦法呼吸了！原來，小勇為了救一粒滾到水溝的皮球，自己也不小心掉到水溝裡了。

瘦弱又年幼的小維，連走路都走得不太穩，當然沒辦法救哥哥，可是機智的他，馬上就想到要回家，到三樓把熟睡的奶奶叫醒。於是，他飛快地開著救護車衝回家，到了一樓，又換成開飛機直駛三樓的奶奶房間，落地後，他馬上變回正常大小的自己，把奶奶搖醒，「哥哥掉到水溝裡了！」他焦急地講著，搖著奶奶的手，把她自好夢中吵醒。

還好有救護車和飛機，要不然以小維走路和爬樓梯的速度，哥哥早就沒命了！當然，這件事從頭到尾，都沒有人知道這個縮小變駕駛的秘密。哥哥感謝小維救了他一命，從此不再欺負小維，還主動地把玩具都分給他玩。當然，小維再也不需要偷偷摸摸地玩縮小變駕駛的遊戲了，最重要的是，他和哥哥的感情已經變得很好，再也不會一邊摸著小汽車，一邊在心底說著：「我討厭哥哥！」了！唯一不滿的人，大概就是那些玩具了，「唉，好久沒上天下地到處兜風了！」他們互相抱怨著。

棍ㄍㄨㄣˋ 子ㄗ 愛ㄞˋ 棒ㄅㄤˋ 球ㄑㄧㄡˊ

ㄠㄨˋ愛大帝

棍子

愛

棒球

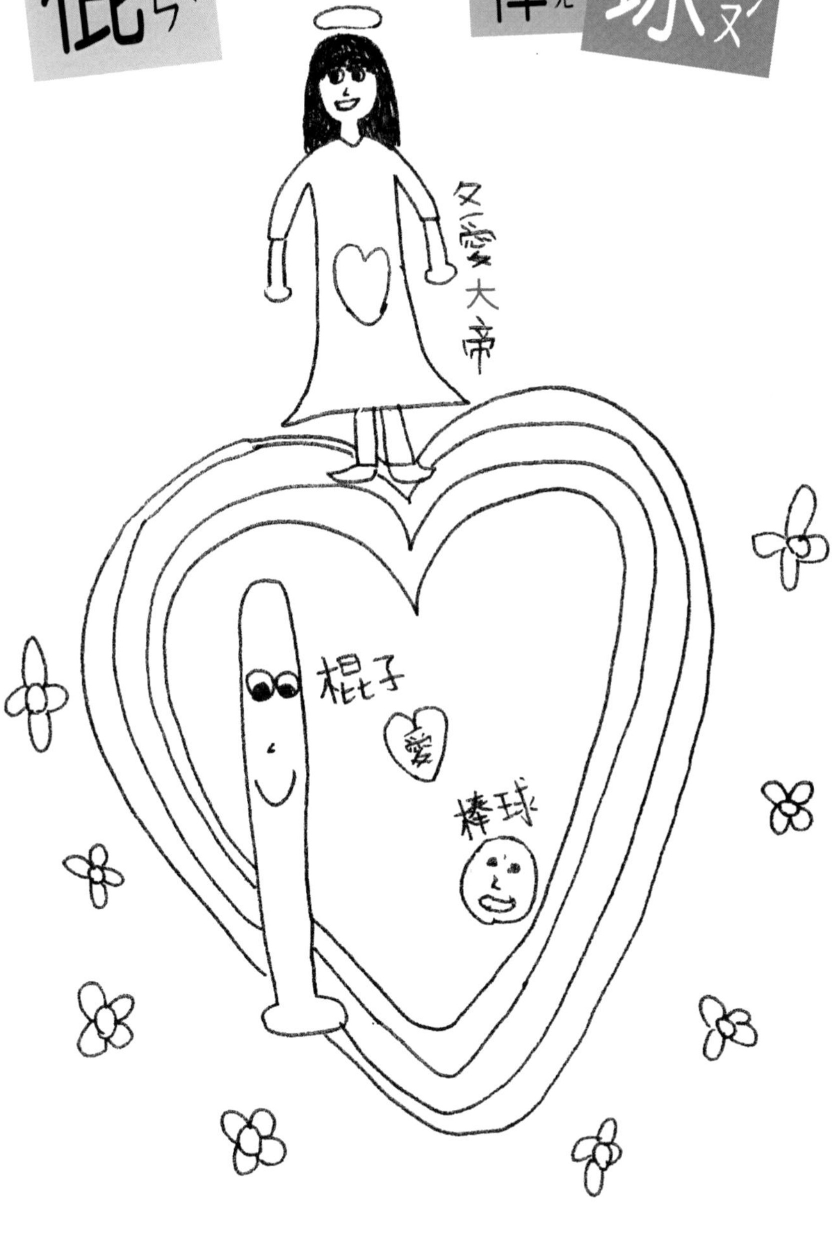

棍子愛棒球

王家的兩兄弟永遠吵吵鬧鬧，有一次互相嘲笑時，還替對方取了綽號：

「走開啦，死胖子！」

「別煩啦，你這個瘦竹竿！長得像棍子一樣。」

「我是棍子，那你不就是又肥又圓的棒球？要不要試試看一根棍子打棒球的滋味！」說完，瘦長的哥哥就往短胖的弟弟身上撲打上去，二個人扭成一團。

雖然兩兄弟因此被真的棍子教訓了一頓，還是學不會和好相處，反而各多了一個綽號：「棍子」和「棒球」。

天上掌管「友愛」的大帝，每次看到這對兄弟就不住地嘆氣。

「我一定要教會他們互相友愛！」

這一天，棍子哥抖著腿看著他最愛的職棒比賽，棒球弟趁棍子哥上廁所時，趕快轉到卡通台，棍子哥一回來就氣炸了，馬上飆回職棒台。就在此時，螢幕突然變成一片漆黑，什麼東西都看不見了！

「都是你把電視弄壞了！」兩個人還真有默契地互相指責對方，又同時想飛奔到樓上去跟媽媽告狀。

突然，樓梯不見了，不不，是整個家都不見了，然後，連整個城市都不見了。因為啊，他們二兄弟正往天空飛去呢！哥哥全身保持得直直的，弟弟蜷成一團。看到沒有？遙遠的天空中愈飛愈小的那二個黑影，不正像一根棍子，和一粒棒球嗎？

碰的一聲，他們撞到了另一個地面。一抬頭，友愛大帝正坐在面前，大聲地教訓他們：「你們這二個兄弟，還不跟對方說對不起！」

兩兄弟丈二金剛摸不著頭腦，又驚又懼地，不覺就往對方靠近了一些。

「哼！我是天上管友愛的大帝，你們二個給我聽清楚了，假如你們想要回家的話，一定要先學會相親相愛！」棍子哥握緊了棒球弟的手，棒球弟早已嚇得尿褲子了。

「我要你們先想出一句相親相愛的口號！」

「棒球親棍子！」棒球弟脫口而出。

「棍子愛棒球！」棍子哥也馬上加了一句。

「嗯，『棒球親棍子！棍子愛棒球！』就當作你們友愛特攻隊的口號。我派給你們一個神聖的任務，你們既然一個叫棍子，一個叫棒球，就一起想想看，棍子和棒球可以合組成什麼東西，然後利用你們合組成的東西，去幫助需要幫助的生物，如果完成了就可以回家，懂嗎？」

一說完，棍子和棒球又掉到另一個地方了。咚一聲，他們來到了一座風景相當清幽的山中。

好多的猴子在樹枝間盪來盪去！第一次看到這麼多野生猴子的兄弟，嚇得倒退了好幾步，躲到大石頭的後面，這時，一隻雄猴大搖大擺地爬了過來，後面還跟著幾隻較瘦弱的小猴子。

雄猴坐定後開始發話：「最近有一隻猴子闖入我們的地盤，大家知道嗎？」這隻雄猴看起來像是他們之間的領袖，姑且稱他雄猴王吧。

「對呀，那隻猴子長得好奇怪，全身都是白色的！」

「簡直噁心死了！」猴子們七嘴八舌地批評著。「最好不要出現在我們眼前。」

入夜以後，山裡沒有遊客了，白獼猴趁著四下無人，慢慢踱出白天躲著的岩洞，想到處透透氣。

晃呀晃呀，從獵人那裡逃走以後，他還沒好好逛逛這座山呢！他知道自己不受歡迎，只有獵人喜歡他，那是因為可以把他賣到動物園去讓人類當作怪物欣賞。所以他來到這座山後，行動就非常地小心，不只為了防止再次被人捉走，也為了不被其他的動物排擠。

他晃到一棵大樹上，伸手捉果實吃了起來，突然雄猴王不知從何處盪過來，一把搶過他正在吃的果實丟到地上，幾隻較瘦的猴子也馬上跟來，掄起拳頭便往他身上搥下。

月光中，只見十幾隻猴子從各處躍下，將這隻白獼猴團團圍住，有的不說話卻吊著眼睛瞪著他，有的好像準備隨時撲上來，有的嘴巴發出「嘰吱嘰吱」的聲音像在恫嚇，其中最可怕的就是那隻搶他果實的雄猴王了，正露出銳利的大齒好像想吃下他。

白獼猴以為晚上行動比較安全隱蔽，卻沒想到全身白色在夜晚更是顯目，一下子就引出想給他一點下猴威的猴子們。

「我、我，只是出來逛逛而已！不喜歡的話，我現在就走好了！」白獼猴低聲下氣地說。

「哈哈哈，你看！這隻白猴子真的跟我們不一樣呢，好膽小的一隻猴子！真是丟我們猴輩的臉！」雄猴王大聲嘲笑。

有小猴子拿起樹枝丟他，高傲的雄猴王一聲下令：「不用丟！

我們走！」咻一聲，十幾隻大大小小的猴子馬上消失得無影無蹤，留下還發著抖的白獼猴，孤單地咀嚼著被欺負的滋味。

「好可憐的白獼猴喔！」友愛特攻隊決定好好地跟在旁邊，伺機保護。

白獼猴自此行動更小心了，像個棄兒一樣，形單影隻，更顯落寞。

幾天後，雄猴王又多一個小孩了，為此，山裡的獼猴舉行了盛大的慶典。猴子們在常聚會的猴岩裡喝得爛醉，入夜以後，紛紛醉臥，不醒「猴事」。白獼猴在這個狂歡的夜晚裡，照例是孤獨的，他不敢妄想，事實上也絕無可能，成為他們的座上客。自從他非常謹慎地躲避著他們，白獼猴幾乎已被眾猴所遺忘了。也好！這樣的生活總比在動物園裡受人嘲笑好。

遠遠地，他雖然沒有參加這個盛大慶典，那種狂歡卻使他黯然神傷，歡樂永遠與他絕緣。上天為何獨獨使他突變，長得與別人不同？他失眠了，在無論如何都睡不著的夜色當中，他突然感覺周遭似有什麼東西迫近。遠處，竟然來了幾個全副武裝的獵人，身上的獵槍和捕獸器，說明了他們醜惡的企圖。

白獼猴從小躲難躲慣了，三二下就在樹枝間慢慢地溜離他們，到了相對安全的距離。但眼看著他們往猴岩迫近，那群爛醉不醒的猴子們，怕難逃噩運了吧！想到此，天性善良的他早已忘了那群猴子對他的不友善，他張開嘴想大喊獵人來了，但是那麼遠的距離，即使喊破喉嚨又有什麼用呢？

「有了，麥克風！」

「棒球親棍子！棍子愛棒球！我們要變成麥克風。」「愛的魔語」一說完，一隻麥克風出現了。

友愛特攻隊看到白獼猴如此為同伴們焦急，馬上變成麥克風，白獼猴也很機警地立刻就用前肢握住它，拚命大喊：「獵人來了！

猴子們大家趕快逃呀！」聲音傳遍了山中，吵醒了命在旦夕的猴子們，也驚動了獵人。一場槍林彈雨馬上在山中開展，還好猴子們動作機靈，獵人們一無所獲，甚至搞不清楚自己是敗在哪一個原因上面。

可想而知，白獼猴從此成為猴群們愛戴的好夥伴。冬天時，躲在岩壁下依偎避寒互相理毛的，總有一隻與其他毛色不同的猴子，卻顯得與大家那麼融和呢！

「醒了，醒了！」一睜開眼，棍子和棒球看到爺爺、奶奶、爸爸、媽媽，全守在床前，可是這是哪裡呢，為什麼這麼陌生啊？

然後，醫生來了，護士來了，家人們又哭又笑，棍子和棒球想不出為什麼會在這裡醒過來。

關於這一場友愛特攻隊的夢境，棍子和棒球後來討論過了，為什麼在拉扯中，二兄弟從樓梯上滾落昏迷而被送進醫院時，會做一模一樣的夢呢？友愛大帝在天上捻鬍而笑，就讓它變成一個謎吧，今年，又做一件善事了……

自從大難不死，棍子和棒球，組成了一個看不見的「！」，帶給全家一個意外的驚歎號，因為他們從此兄友弟恭，再不爭吵了！

鉛ㄑㄧㄢ筆ㄅㄧˇ與ㄩˇ橡ㄒㄧㄤ皮ㄆㄧˊ擦ㄘㄚ

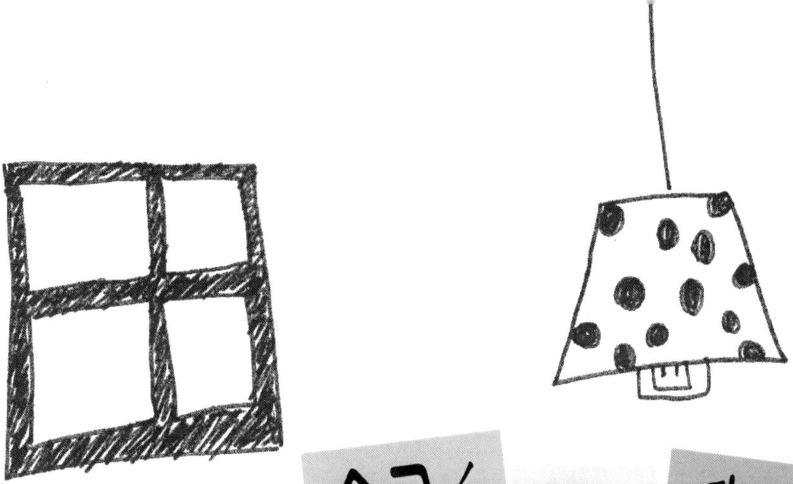

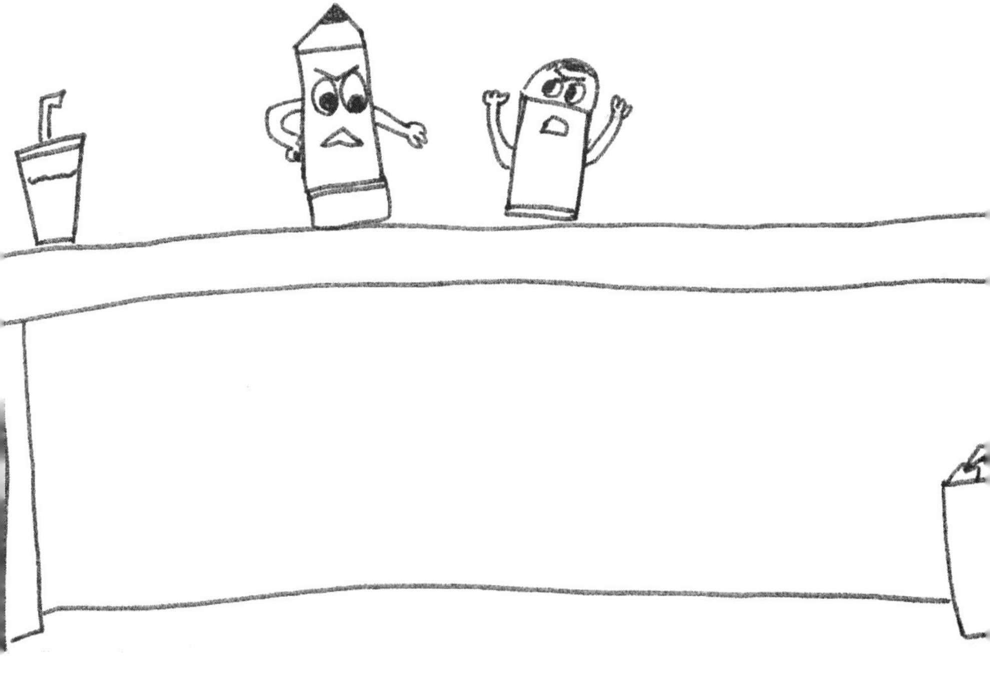

鉛筆與橡皮擦

鉛筆與橡皮擦，像一對強被配對的怨偶，離不開對方，卻又怨恨對方。

「我努力寫出來的字，就這樣兩三下就被你消滅掉了！」鉛筆總是心疼著自己的血肉。

「誰叫你亂寫出一些字，害我還要幫你擦屁股，收拾乾淨！」橡皮擦立刻反唇相譏。

「什麼叫我亂寫？一個字一句話，都是主人想出來的，我只不過倒楣，替他的文章服務而已！」鉛筆變得很激動。

「那我比你更倒楣，至少你還可以變成字，我只不過是個清潔工。」橡皮擦怨起天生命運卑下來了。

「我也沒比你好啦，有時候都已經寫了滿滿一頁了，主人看看不滿意就將整張稿紙揉碎，直接丟入垃圾桶，我寫出來的字連見天日的機會都沒有，只是讓我的壽命愈來愈短而已！」鉛筆猶有怨言。

「還說呢！最氣的是有時候寫了又擦，擦了又寫，搞得紙都弄破了，結果還不是一樣整張稿紙丟掉，我不但又減少壽命，而且還把全身弄得髒兮兮，不像你至少可以保持得乾乾淨淨的。」

「什麼乾乾淨淨？我是直接被送上斷頭台，鉛筆機一削，一個不小心我就又損失一截了！」

就像大多數人類所自認為的命運一樣，鉛筆和橡皮擦既先天失調，後天又遇人不淑，它們都覺得自己快要油盡燈枯了！

看來，鉛筆和橡皮擦的抱怨是沒完沒了了，不過至少得出一點結論，是主人害它們變成時常斷手斷腳，灰頭土臉的。

它們因為有了共同的抱怨對象，一時之間，有了點相濡以沫、患難之交的況味出現，甚至忘了一開始時，其實是在埋怨對方拖累自己。

當有一個共同敵人出現時，彼此間的小仇小恨，都可以暫時溶解。

鉛筆和橡皮擦的主人是個作家，他需要他們才能夠寫出好作品，可是他們不需要他來燃燒自己的生命，一天天使自己向死亡邁近。他們覺得自己真是不值。

在抱怨的日子中一天又過一天，直到主人買了一部電腦，所有的抱怨都顯得過時，因為鉛筆和橡皮擦不再被「利用」了。他們恍然了解，其實是主人使他們顯出生命的價值，而不是主人靠他們在寫出作品。

直接被丟到垃圾桶的鉛筆和橡皮擦，從垃圾桶中對電腦射出怨恨的眼光，他們懷念起，那段被主人利用，也彼此拖累折磨的日子。生命，與其成為靜置的廢物，不如在勞心與勞動之中，顯現做為每一個體的精彩與獨特之處。能夠燃燒自己的時光，開始令鉛筆和橡皮擦懷念。

愛整容的人

愛整容的人

有一個人，很小的時候眼睛就瞎了，所以他不知道自己的長像。生理上的殘缺，使他帶有很深的自卑感，連帶地也覺得自己樣樣不如人。

「一定是老天爺討厭我，所以才會把我生成一個瞎子。」他自怨自艾，認為自己是上天的遺棄子。

還好醫術的進步，使他在青年的時候，終於藉由手術重見光明，他不再是個瞎子了！

他看著鏡子裡的自己，那是誰呀？陌生的影像，就是所謂的「自己」嗎？

重見光明的喜悅並未沖散他長久累積的自卑感，他覺得自己長得好醜。

鼻子太塌，單眼皮，嘴巴歪一邊，皮膚坑坑洞洞，這樣的自己，怎麼娶老婆呢？

怎麼看，別人都比他帥。

當他帶著當紅男明星的相片踏入整容醫院的時候，心中充滿了期待，「如果我長得像明星，別人一定都很羨慕我。」從小沒有接受過別人羨慕眼光的他，急著想要改變自己的外表。

果然！整容醫師高明的技術，使他看起來真像是那位當紅明星的分身，走到那裡，都有人以為他就是那位明星，對他指指點點，甚至要請他簽名，他在少女們愛慕的眼光中，也迷上了自己。

為了讓自己的打扮更襯頭，他花了很多錢買汽車，衣服，並模仿起那位當紅男明星的穿衣風格，每天一定把自己打扮得體面了，才肯出門。

他卻萬萬沒想到，當紅男明星因為緋聞事件而突然之間名譽敗壞，成了媒體和全國婦女同胞口誅筆伐的對象，一時之間灰頭土臉。他的行情也連帶受影響，大家還是都把他誤認為是當紅男明星，但取而代之的反應，是不屑與唾棄，不再有人找他簽名，只有議論紛紛與投射過來的蔑視眼光。

他收起為了模仿男明星而買的華服，再度走進整容醫院。

這一回，他要整容成像隔壁城市的一個青年企業家，像創業有成的青年企業家總比像鬧緋聞的明星好吧？他對自己的選擇充滿信心。

沒想到一整完容，青年企業家就爆出詐財的社會新聞，整完容後第一次上街就被債主們誤認而圍成圓圈喊打，奄奄一息逃回家的他，在家裡躺了好久傷痕才癒合。

到底該像誰好呢？他迷惘了，也更恨上天對他的捉弄。詐財的事件平息以後，他才敢上街去閒逛，走著走著，在一家照像館的透明櫥窗裡，看到一張嬰兒的照片，他眼前一亮，心裡便有了主意，何不將自己整容成這個可愛嬰兒的外型呢，一張白紙的嬰兒總不會鬧緋聞或詐財吧。

清純的嬰兒似乎在含笑看著他，他走進店裡，想辦法跟老闆弄到了這張照片。

一邊吹著口哨的他，腳步輕快地回到了家，喜滋滋地跟母親說他的最新想法。

「你看，這個嬰兒多可愛，我要把自己整容成他的樣子。」

母親拿起來一看，卻立刻笑彎了腰，「這就是你呀，你還整容成他的樣子！」

原來，這是他一歲的時候在照像館照下的照片，被照像館拿來當作成功作品吸引客人。

「找到這一張真好，家裡的那一張都弄丟了。」

他愣了一下，便哈哈大笑了起來。

企鵝與孕婦

企鵝與孕婦

企鵝嘟嘟被送到C國去了，他眼中含著淚水，向家人道別，心裡面卻充滿了驕傲，因為，唯有才藝雙全的企鵝，才能夠被挑選到C國去從事表演，為家人賺進大把的鈔票，同時也為自己贏得了榮耀。在企鵝族裡，這可足以揚眉吐氣，令同伴們又羨又妒呢。

企鵝嘟嘟一心想著到了C國，便可以大展身手，一顯他俐落的身藝，他所擅長的滑壘舞步、單腳站立，終於可以派上用場了，一想到這將造成全場觀眾的風靡，他就高興得睡不著覺，「終於輪到我翻身了！」企鵝陶醉地想著。

沒想到到了C國，卻全然不是那麼一回事。這是一家私人的動物表演館，根據市場的反應，觀眾們最喜歡看的，是一群企鵝一個個排隊在岸邊走著，並掉入水中的笨拙姿態，什麼滑壘舞步、單腳站立，全都不需要。

「什麼？我有萬技在身，難道遠渡重洋而來，就只是為了表演這種入水的半跌倒姿勢？」這不是太遜了嗎？也太侮辱自己的才藝了。

可是老板一點也不是這樣想，他還是每天請人訓練這些企鵝，練習跌跌撞撞地滑入水中。

「這種姿勢，原本就像吃飯穿衣一樣地簡單，那還需要練習？」鬱悶的嘟嘟臉色愈來愈臭，很不甘願地和其他的企鵝一樣，早晚練習著。

對觀眾來講，企鵝叫做嘟嘟或叫做咪咪並無二樣，因為他們都只是一群企鵝裡面的一隻而已，嘟嘟成為萬人迷的夢碎了。

嘟嘟覺得自己大材小用，怨嘆著老板不懂得欣賞他。

在日復一日的表演中，嘟嘟愈來愈不用心，也時常被訓練員罵。

別的企鵝卻過得很心滿意足，他們都覺得只要做這麼簡單的事，就可以得到高額的報酬，實在是太幸福了，嘟嘟因而更感到自己的寂寞。

在無聊的表演中，他注意到有一個孕婦時常來看表演，她的肚子一天大過一天，走起路來愈來愈緩慢，有一次還差點跌倒，嘟嘟不禁笑了出來，「真像是企鵝呢！」

他開始注意這個孕婦，不注意還沒事，注意以後，嘟嘟覺得自己的命更不好了！

原來，這個孕婦出門就有私家車接送，看表演時有先生或婆婆陪伴，幫她又買飲料又提袋子的，走路時先生還會扶住她，一副深怕她跌倒的樣子。

我跌倒是為了取悅觀眾，而孕婦卻隨時有人扶著，深怕她跌倒，多麼不同的命運！

嘟嘟為這個發現而自憐，怨自己身為企鵝矮人一等。

天氣漸漸地冷了，孕婦消失在觀眾席中，很久都沒來看表演了，等到她再度出現的時候，臉上的神情很憔悴，看起來失魂落魄，而且旁邊沒有人陪伴，她是一個人來的。

到底怎麼了？嘟嘟問訓練員。

「聽說她生下死胎，是個男孩，她的先生及婆婆都很不高興，怪罪她沒有好好保護胎兒，害他們家到現在還沒有人可以繼承香火。」

嘟嘟不再羨慕孕婦了，同樣是大著肚子，只要自己努力，就一定可以得到觀眾的掌聲跟金錢的報酬，可是孕婦就不一定了。想到自己的表演可以使家人在南極過著無憂的生活，那位孕婦卻遭到家人的冷言冷語，嘟嘟摸摸自己的肚皮，開始珍惜目前的生活。

當北風獅爺遇見北風獅爺

當北風獅爺遇見北風獅爺

最近老是有人跑來跟北風獅爺說：「我昨天在哪裡看到一個人，好像你喔！」要不然就是有人跟他說：「你上個禮拜天，有沒有去太湖啊，有個人長得跟你真像。」

北風獅爺有點不高興，誰會長得像我呢，我是這島上唯一的一個北風獅爺，誰人不知誰人不曉！

哈，那你會不會有個失散多年的兄弟啊！還有不識相的這樣打趣著。

北風獅爺抬了抬下巴，抖了抖他身上的紅斗篷。別小看這件衣服，每年都有專人來為它乾洗，這是一個榮耀的標誌。有關金門的觀光介紹，幾乎都會出現北風獅爺披紅袍的威風照片，古時帝王的龍袍，差不多也就這個意思了吧，北風獅爺驕傲地想著。

但是事情越來越奇怪了，那個不知打哪兒冒出來的山寨版北風獅爺，竟然是個賊！陸續有人傳出，家中遭小偷了，有鄰居看見一個沒披紅袍的北風獅爺一陣風似地從失主家中溜走。還好北風獅爺有不在場證明。

簡直莫名奇妙，我一定要把這個冒牌貨找出來，免得形象受辱！北風獅爺決定騎上機車，巡街去了。

騎著騎著，他慢慢來到了陌生的地區，一種冒險的新鮮感，慢慢取代了他原先的追查計劃，金門原來有這麼多街道我沒來過啊！風吹過他威風的臉龐，長期緊繃的臉部線條，難得地放鬆了。

北風獅爺在大路小路之間穿梭，真該多出來走走的。唉，最近為了趕論文，經常徹夜不眠，聽說台灣的風景吉祥物，現在幾乎都是碩士了，不加油也不行，很多人想取代我的地位呢。

這時，他突然想到，機車快沒油了。他猛一警醒，完了，油面指針已走在紅色加油區，快到底了。怎麼會這麼疏忽？他越想越慌，眼前的路變成不好玩的迷宮。我到底是從哪個方位來的？目光所及沒半個人，哪裡有加油站呢？他越急越慌，快哭出來了。如果騎到沒油，還找不到加油站怎麼辦啊？早知道就和南風獅爺一起申請手機，現在至少可以打電話求救。

就在他快哭出來時，遠遠，他看到路人了，他騎近問路：請問這附近哪裡有加油站？那人轉過頭來，見鬼了！怎麼會是自己？眼前這個路人甲，可不是王大明或陳小莉，除了沒披紅袍，根本就是自己的分身！

北風獅爺嚇得加速落跑，完全忘記，他這趟出來，就是為了要找這個盜版的壞蛋。車子一衝，直接撞上電線桿，北風獅爺暈了過去。

聽到這裡，同學們笑了出來，笑容裡好像在說：老師，你講的故事好有趣，後來呢？大家仰著頭，用眼神發出問號。

「後來的故事，就要留給大家去寫了，每個人最少要寫到五百個字。」同學們哇地大叫起來，不要啊，老師，聽你講就好了。陳老師又說：「你們已經六年級了，寫五百字沒問題的，金門是我們的家鄉，大家替這個故事好好寫一個結局，我會選出幾個寫得最好的，把文章貼到班級網站上。」

陳老師對自己想出這個作文接力很得意，當晚就選出了三個寫得最好的同學。

佳作一

後來，北風獅爺被一陣鳥聲吵醒，睜眼一看，原來是戴勝鳥和喜鵲正在叫他，他揉揉眼睛，為什麼這兩隻向來有仇的，會在一起，而且身上還戴著同樣的項鍊？

「你們怎麼會在一起？」北風獅爺一臉納悶，喜鵲已經紅了臉，「她是我女朋友啦！」戴勝鳥喜不自禁，大方承認。了解事情的經過之後，這對鳥情侶決定呼鳥引伴，廣召金門所有的鳥類，共同找出山寨版的北風獅爺。

鳥族擔起了重任，奮力地振動了翅膀，當起空中的巡察員，每天吱吱喳喳地開會交換情報，感情增進不少。

終於有一天，黑面琵鷺向空中發出訊息：找到了，找到了！

原來，山寨版的北風獅爺晚上喝多了高粱，直接醉倒在無人的路邊，被眼尖的黑面琵鷺發現了。

「讚啊，黑面的！」大家向黑面琵鷺豎起翅翼表示稱讚。

「大家都有功勞啊，也謝謝大家對我們的保育。」黑面琵鷺客氣地說。他知道，平時有些鳥對他們受保育的狀況有點小嫉妒，這次能立下大功，也是對大家的一個回報。

山寨版的北風獅爺在警局醒過來後，只好伏首認罪。罪名一：仿冒罪，罪名二：偷竊罪。

山寨版的北風獅爺在警察局哭得傷心，可惜為時已晚。而喜鵲和戴勝鳥因為這件事而公開了戀情，成天甜蜜蜜地雙宿雙飛，鳥族們羨慕得很。

只是，始終沒有人可以問出來：山寨版的北風獅爺，到底是從哪裡冒出來的，因為，他自己也答不出來。

——作者：何立明，人稱帶賽明，最近班上盛傳他在喜歡萬人迷小花花。

佳作二

北風獅爺醒來之後，機車已經不見了，他攔住好不容易路過的一輛車，一看，竟然是總和他爭奪人氣風獅爺寶座的南風獅爺。他們向來是把對方當競爭對手的，不過，落難之後，看到他感覺比以前親近不少，好歹他不會假冒自己啊。

南風獅爺一聽完北風獅爺的遭遇，馬上召開商量大會。

風雞說：「我起得很早，他最好不要在大清早被我捉到。」

厝頂風獅爺說：「我站得高，他一出現遠遠就可以看到。」

電台也一直在廣播：「冒牌風獅爺，限你三天之內出面說明，否則捉到之後，你會死得更慘。」

整個島上開始充滿一種久久不見的戰鬥氣氛，「保」「密」「防」「諜」四兄弟，開始摩拳擦掌，密商對策。這時，躲在角落的冒牌風獅爺，突然控制不住地放了個響屁，好臭。在那裡！有人循著氣味發現放屁的凶手，「保」「密」「防」「諜」四兄弟，馬上從牆上的標語一躍而下，聯手變出一張巨網，合力圍捕，立下大功一件。

原來你們還有這個神力啊！成了英雄的「保」「密」「防」「諜」四兄弟，詭異地笑著：「你們不知道的事情還很多呢，猜猜看，我們還有什麼祕密招數吧！」

東北季風在天上氣得跺腳，哎！又輸了！

原來，大家都把風獅爺當成擋自己的英雄，他在天上想出了這招，拜託惡魔造一個假的北風獅爺，還給他一個愛偷東西的個性，然後丟到金門去鬧事。

唉！唉！唉！連三唉！克服戰爭、克服我、克服多出來的神偷冒牌風獅爺，我看，我是徹底地敗給你們了。這樣想著，東北季風悶悶不樂地大吃大喝起來了。

——作者：黃瑞昇，最喜歡吃吃喝喝，是班上的開心果。

佳作三

「北風獅爺，北風獅爺！」北風獅爺眼睛慢慢睜開，看到熟悉的臉變成在別人身上，他摸摸自己的，還在啊，馬上就清醒過來。

「有鬼！」他想拔腿就跑，兩腿卻軟趴趴的，一點力也使不出來。

「你不要怕，我就是你，你就是我。」眼前的北風獅爺把地上的北風獅爺扶起來，很誠懇地對他說：「這件事說來話長……」

原來，風獅爺大帝在製造北風獅爺時，他老婆正好生下雙胞胎，風獅爺大帝一高興，就做了兩個一模一樣的北風獅爺，先做好的那個派到金門，後做好的留在身邊。

「有這樣的事情喔，那你真的是我失散多年的弟弟了。但是你怎麼會突然跑下來呢？」

「因為我在天上很寂寞啊，整個天上只有我一尊風獅爺，連個可以玩耍或偷偷喜歡的人都沒有。」

北風獅爺哥哥臉上突然閃過紅暈，這逃不過他雙胞胎弟弟的眼睛。

「你在喜歡小叮噹風獅爺對不對？」

「亂講，誰喜歡她啊，恰北北！」北風獅爺哥哥趕快把話題一轉。

「我是問你怎麼會跑下來啦！你別扯遠了。」

「因為我一直求風獅爺大帝讓我下來玩幾天。糟了，我回天上的時間快到了，只剩幾分鐘而已。」北風獅爺弟弟很緊張地看著手錶。

「什麼，你又要回天上了？」

「趕快告訴你最後一件事，我偷東西是因為金湖鎮××號有個孤單老婆婆，她的存款被詐騙集團騙走了，所以我才去偷東西幫助她。我回天上後，你要照顧她喔！」說著北風獅爺弟弟往天上咻地一聲飛去，幾秒後就變成一個黑點，然後再幾秒，就完全看不見了。

北風獅爺哥哥對天空喃喃自語，「再見了，弟弟，我會照顧老婆婆的。」

——作者：陳世欣，家中的獨生女。

陳老師選出了這三篇佳作，好像聽見北風獅爺在跟他道謝。

「您的教法真有創意，謝謝喔！」

「不客氣！」陳老師輕輕地回答。學生們越寫越好了，下次，要讓他們直接去編一個完整的創作故事。我呢？也要加點油，趕快把碩士論文完成。

兒童文學2　PG0742

鬼的大和解

作者／柳一
插圖／黑皮
責任編輯／林千惠
圖文排版／邱瀞誼
封面設計／陳佩蓉
出版策劃／秀威少年
製作發行／秀威資訊科技股份有限公司
114 台北市內湖區瑞光路76巷65號1樓
電話：+886-2-2796-3638
傳真：+886-2-2796-1377
服務信箱：service@showwe.com.tw
http://www.showwe.com.tw

郵政劃撥／19563868
戶名：秀威資訊科技股份有限公司
展售門市／國家書店【松江門市】
104 台北市中山區松江路209號1樓
電話：+886-2-2518-0207
傳真：+886-2-2518-0778

網路訂購／秀威網路書店：http://www.bodbooks.com.tw
國家網路書店：http://www.govbooks.com.tw
法律顧問／毛國樑　律師

總經銷／聯寶國際文化事業有限公司
地址：221新北市汐止區康寧街169巷27號8樓
電話：+886-2-2695-4083
傳真：+886-2-2695-4087

出版日期／2013年5月　BOD一版　**定價**／290元
ISBN／978-986-89080-7-9

秀威少年
SHOWWE YOUNG

國家圖書館出版品預行編目

鬼的大和解 / 柳一文 ; 黑皮圖. -- 一版. -- 臺北市 : 秀
威少年, 2013. 05
面； 公分
ISBN 978-986-89080-7-9 (平裝)

859.6 102004391

讀者回函卡

感謝您購買本書，為提升服務品質，請填妥以下資料，將讀者回函卡直接寄回或傳真本公司，收到您的寶貴意見後，我們會收藏記錄及檢討，謝謝！如您需要了解本公司最新出版書目、購書優惠或企劃活動，歡迎您上網查詢或下載相關資料：http:// www.showwe.com.tw

您購買的書名：________________________________

出生日期：________年________月________日

學歷：□高中（含）以下　□大專　□研究所（含）以上

職業：□製造業　□金融業　□資訊業　□軍警　□傳播業　□自由業

　　　□服務業　□公務員　□教職　□學生　□家管　□其它_____

購書地點：□網路書店　□實體書店　□書展　□郵購　□贈閱　□其他

您從何得知本書的消息？

□網路書店　□實體書店　□網路搜尋　□電子報　□書訊　□雜誌

□傳播媒體　□親友推薦　□網站推薦　□部落格　□其他__________

您對本書的評價：（請填代號　1.非常滿意　2.滿意　3.尚可　4.再改進）

封面設計____　版面編排____　內容____　文／譯筆____　價格____

讀完書後您覺得：

□很有收穫　□有收穫　□收穫不多　□沒收穫

對我們的建議：________________________________

____

____

____

請貼
郵票

11466
台北市內湖區瑞光路 76 巷 65 號 1 樓
秀威資訊科技股份有限公司 收
BOD 數位出版事業部

（請沿線對折寄回，謝謝！）

姓　　名：＿＿＿＿＿＿＿＿＿＿　年齡：＿＿＿＿　性別：□女　□男

郵遞區號：□□□□□

地　　址：＿＿＿＿＿＿＿＿＿＿＿＿＿＿＿＿＿＿＿＿＿＿＿＿

聯絡電話：(日)＿＿＿＿＿＿＿＿＿＿＿＿(夜)＿＿＿＿＿＿＿＿＿＿＿＿

E-mail：＿＿＿＿＿＿＿＿＿＿＿＿＿＿＿＿＿＿＿＿＿＿＿＿